青少年求知文库
QingShaoNian QiuZhiWenKu

U0863598

青少年必懂的情调

张秀章　解灵芝　编

吉林人民出版社

图书在版编目（CIP）数据

青少年必懂的情调 / 张秀章, 解灵芝编. — 长春：吉林人民出版社, 2010.7（2021.3重印）

（青少年求知文库）

ISBN 978-7-206-06888-1

Ⅰ. ①青… Ⅱ. ①张… ②解… Ⅲ. ①散文—作品集—世界 Ⅳ. ①I16

中国版本图书馆CIP数据核字(2010)第120394号

青少年必懂的情调

编　　者：张秀章　解灵芝

责任编辑：王一莉

吉林人民出版社出版（长春市人民大街 7548 号　邮政编码：130022）

印　刷：三河市燕春印务有限公司

开　本：700mm×970mm　　1/16

印　张：13　　　　字数：110 千字

标准书号：ISBN 978-7-206-06888-1

版　次：2010 年 7 月第 1 版　　　印　次：2021 年 3 月第 2 次印刷

定　价：39.00 元

目　录

无言的恋情

我见过你哭——炯炯的蓝眼/滴出晶莹的珠泪/在我想象里幻成紫罗兰/滴着澄洁的露水/我见过你笑——湛蓝的宝石/光泽也黯然收敛/怎能匹敌你嫣然的瞥视/那灵活闪动的光焰！

有如夕阳给远近的云层/染就了绮丽的霞彩/冉冉而来的暝色也不能/把霞光逐出天外/你那微笑让抑郁的心灵/分享它纯真的欢乐/这阳光留下了一道光明/在心灵上空闪射。

——拜　伦

“美”的女儿没有哪一个/能像你这样迷人；/你柔美的声音听来宛若/水面上漂荡的乐音；/仿佛这乐音迷醉了海洋/海洋已停止动荡/涟漪静卧着，粼粼闪闪/风儿也睡梦方酣。

明月在编织皎洁的纱布/笼罩午夜的大海；/海的胸膛轻轻

地起伏/如同熟睡的婴孩；/心灵在向你鞠躬致敬/默默地向你倾听；/那感情浓烈而又柔婉/像夏天海面的波澜。

——拜　伦

一对情侣，手拉着手/在美丽的花园里溜达/一对苍白、憔悴的情人/他们到花丛之中坐下。

他们互相吻着嘴唇/他们互相吻着面庞/他们互相紧紧地拥抱/他们变得年轻而健康。

两只小钟响亮地敲起/梦影顷刻之间消逝/她躺在修院斗室里面/他关在远处监狱堡底。

——乌兰德

哎哎，我整个白天多孤单/因为我的情郎不在我身旁/可到夜里，可到夜里/我给弄醒了/因为有人在敲我的小窗。

他说：我心爱的乖乖/外面的狂风吹得我哆嗦/让我进来吧，让我进来吧/爱可不是什么罪过。

我妈妈总对我这样说：/孩子，男人没有一个好家伙/要是她知道，要是她知道/我的情郎怎样吻我/哎哎，她准不会这样说。

我整个白天多孤单/我的情郎不在我身旁/可今天夜里，可今天夜里/我知道，我一觉醒来/准有人来敲我的小窗。

——隆　斯

罗泽玛丽，罗泽玛丽/我的心喊了你七年/罗泽玛丽，罗泽玛丽/可你一直听不见。

每个夜晚，每个夜晚/我梦见你向我微笑/白天来了，白天来了/我还是光棍一条。

而今我老了，而今我老了/我的心却一直没有冷/马上要睡了，马上要睡了/它最后还跳个不停。

罗泽玛丽，罗泽玛丽/我的心喊了你七年/罗泽玛丽，罗泽玛丽/可你就是听不见。

——隆　斯

哎呀姐姐，好姐姐/我敢打赌/你房里在闹鬼/我听得一清二楚。

哎呀妹妹，好妹妹/那是草堆里的老鼠/让我们拿把扫帚/把它赶出去。

哎呀姐姐，好姐姐/那可不是老鼠/它脸上长着/一大把胡须/

哎呀妹妹，好妹妹/也许是猫/我们来关上门/别让它往里跑。

哎呀姐姐，好姐姐/那可不是猫咪/它是跳窗进来的/在同你咕咕唧唧。

哎呀妹妹,好妹妹/再别问东问西/也许每夜都闹鬼/就在你的小房里。

——隆　斯

无论年老或年轻时，我始终感觉到：/黑夜里，一座山，阳台上一个沉默的女性/月光下略有起伏的一条白色的路/从我怀着眷念的躯体里夺走了恐惧的心。

啊，火热的世界，啊，你这位阳台上白皙的女性/山谷里吠叫的狗，滚滚远去的火车/你们始终是我最甜蜜的幻想和梦境/啊，尽管你们撒谎，尽管你们骗得我好不伤心。

我常常尝试踏上通往可怕的“现实”的道路，/那是官吏，法律、时髦和金钱行市主宰的地方/但我始终孤独地逃跑，既失望又感到获得了解放，/返回那幻梦与令人幸福的痴愚如清泉喷涌的地方。

黑夜里树间闷热的风，黝黑的吉卜赛女人/充满愚蠢的眷念和诗人的芳香的世界/你的闪电使我震颤，我听到你的声音在呼唤/我永远沉醉在其中的美好世界。

——黑　塞

你可曾记得有这么一个春夜/我和你在房里倚着窗扉/往下眺望花园的风光?/园子里一片黑暗/茉莉花和紫丁香/神秘地发出阵阵的幽香/天上的繁星在远方闪烁/你多么年轻/而时光又流逝得那么不可思量。

空气中多么恬静，安详！/雎鸠的鸣声/从海滩边清晰地传到耳旁/越过园子的树梢/我们默默地/往暮色沉沉的乡村眺望/这时我们的身边又是一片春光/可惜我们再没有一个家乡。

在不眠的深夜里/我经常倾听/萧萧的风声是否吹往故乡/凡在故乡建立起家庭的人/就再也不愿在他乡流浪/尽管他经常向往异域/可是有一点确切不移：/我们手挽手地一起走/像飞燕一双!

——史托姆

我们坐在太阳前/绿色的浓荫把我们遮蔽；/在你的纤手里/握着盛开的茉莉。

你俯视着前面的小径/嫣然含笑，默默无言/接着你拿起那群芳吐艳的丫枝/扔向我的身边。

你一跃而起/跳跳蹦蹦地和我分离/你可知道/我心里是什么滋味？/很久很久/我看到的只是花儿/可闻不到你的香气，

这些花儿我珍藏得这么久/现在再奉献给你/你应当在这些枯萎的花儿中/体会到我日日夜夜的相思。

树丛中又是百花争妍/一簇一簇像伞架那样整整齐齐/我要的不是叶子，不是花儿/——我只需要可爱的你。

——史托姆

生活又把我伤害/痛苦燃烧着我的心/来吧，把你娇美柔嫩的嘴唇/贴向我燃烧着的眼睛——/像鲜艳的玫瑰，使我清凉/哦，你是我亲爱的医师，我该不该/把我沉重的额头/靠向，你那亲切温暖的胸脯?我不该吗?/唉，你忍受这一不快的负担/只是一瞬间的事——吻我吧！/啊，吻我，把我紧紧抱在你那真诚的玉臂里/把我悄悄搂在你那青春的胸怀里/像一度对待你亲生的孩子那样/要保护我免受恶风逆浪的侵袭。

——史托姆

弄瞎我的眼睛：我还能看见你/塞住我的耳朵：我还能听到你/没有双足，我还能走到你那里/没有嘴，我也还能对你宣誓/打断我臂膀，我还能用我的心/像用我的手一样，把你抓牢/揿住我的心，额上的脉管还会跳/你如果放火烧毁我的额头/我就用我的血液将你承受。

——黑　塞

在海岸高高的沙滩上/我在阳光下踽踽独行/不知有多少回/我的眼睛越过金光闪闪的土地/时而向海洋/时而向沙滩/游移不定。

可是我起伏的思潮/飞过碧空如洗的天际/越过波涛汹涌的海面/来到更远的地方/我那双无畏的眼睛/就落在我热恋着的女人身上。

我拉动她家的门闩/她说了声“进来”/声音又美又甜/我扑在她的怀中/我啜着她的朱唇/于是又一次/她成了我的人。

——史托姆

哦，我体内的全部血管是怎样/开放更香的花，自从我认识你；/瞧，我走得更加轻快，更加笔直/而你却只是等待——你到底是谁？

瞧，我感到，我怎样远离自己/我怎样一叶一叶地把故我失掉/只有你的微笑完全像明星，

在你的、又在我的上空照耀。

综观我童年时代，还无以名之的/那些像水一样闪耀的一切/我要以你命名，在祭台之旁/祭台上面点的灯是你的头发/装饰的轻松的花环是你的乳房。

——黑　塞

看到自己被玫瑰裹住/就像娇嫩的玫瑰一样：/恋人啊，得到你的一顾/就是给我无上的酬赏。

请你体会我这种心意/爽直地向我伸出手来/但愿联结我们的情丝/不像薄弱的玫瑰花带!

小小的花，小小的叶子/由春神们、亲切的小郎/用纤纤素手做着游戏/散在这轻薄的带子上。

西风，用翅膀把它带去/绕在我恋人的衣服上！/她会向镜

子前面走去/得意扬扬地大加欣赏/

——歌　德

当你孤零零地坐在小房间/当你在漫漫长夜合不上眼/你说，你常把我思念/可是，一旦阳光明媚/世界和每双眼睛都向你欢笑/你会不会依旧对我留恋?

——史托姆

你别说出口来/还是嘴唇对着嘴唇/怀着火热的心躺在一起；/你的脉搏频频跳动/传出了情爱的秘密信息。

你这害羞的小鸽子/在我面前东躲西避/一下子又紧紧投入我的怀里/你为爱情而憔悴/不知应当怎样启齿。

你远远向我弯下苗条的身子/红艳艳的樱唇把我亲吻；/你最好还是多留一会/免得一去杳无音讯。

你也感到我俩难舍难分/可又为何闪闪躲躲，胆战心惊?/你得偿清全部欠债/一定，一定，非这样不行。

害相思时，你和我都要分担惊魂/春蚕到死丝方尽/羞羞答答并非不能容忍/只要肯为爱情作出牺牲!

——史托姆

那次是最后一次/我跟你同行，哦，克莱尔辛！/确实，那是最后一次/我们像孩子一样高兴。

在那一天，我们匆匆地/走过那条非常宽阔的、/阳光充足的雨后的街道/置身在一把阳伞下面：/我们秘密地躲在伞下/像关在妖精的房间里/最后我们手拉着手!

我们都不大敢讲话/因为心脏跳得很厉害/我们都默默地感到/彼此都暗暗地把我们/脸上透露出来的红晕/归咎于阳伞映出的返光/唉，那时你真像个天使！/你的眼睛总是望着地面/你的金色头发/垂在你洁白的脖子上。

“现在在我们背后的天上/一定出现了彩虹，”我说/“那边，窗口的鹌鹑，我觉得/又快活地叫了一声!”

我们继续走着，我想起/我们童年的最初的游戏/想到你那故乡的村子/和那里的许多乐趣/——“你还记得，”我向你问道/“邻家桶匠师傅的院子/那里有几只很大的桶/每逢星期日的下午/我们总是坐在里面/像在家里，聊天，读故事/而在那边教堂里正上着/教理问答的课——(今天/我还听到风琴之声/打破四周围的寂静)：/你说，我们要不要再像/那时一样，再读一次/——不一定要在桶里，我认为——/那可爱的鲁滨孙故事?”

你嫣然一笑，跟我一同/拐过那条最后的街角/我要你把你胸口上面/佩着的一朵玫瑰花给我/你露出腼腆的眼光很快地/把花给了我，没有停步：/我颤抖地送到唇边/激动地吻了两次三次/没有任何人会嘲笑我/因为没有任何人看到/连你自己也没看到。

我陪你走去，把你送到/我不认识的人家那里/我们停下来，你该记得/我握住你的手，尔后——

这次就是最后一次/我跟你同行，哦，克莱尔辛！/确实，这是最后一次/我们像孩子一样高兴。

——默里克

在黎明中的田野/闪着晨霜的白光/一道苍白的光线/已照亮遥远的东方；

很快就看到晓星/在昼光之中消灭/可是在枞树林边/还挂着一轮晓月：

我的畏怯的眼光/虽已被远方所逼/还难忘痛苦的幸福/回忆那别离之夜。

我看到你的碧眼/像一片黑暗的湖/你的吻，你的呼气/和私语还向我飘拂。

我把流泪的面庞/靠在你的脖子上/在我眼前致密地/交织着紫黑色的光。

太阳来了；——顷刻间/赶走了我的梦想/我感到一阵战栗/从山边拂到我身上。

——默里克

当我缥缈的影子离你而去/我在哪里?何处是我的归程?/我不是下定决心，作个结束/我不是曾经爱过，也曾经生存?

你要想去打听夜莺的消息?/它们曾用充满深情的妙音/在那阳春佳日迷惑过你/它们没有爱，就不能维持生命。

我可曾找到我所失去的人?/相信我，我已跟他结合在一块/那儿，已经结合的，不再飞分/那儿，没有眼泪哭得出来。

你也会在那里跟我们再见/如果你的爱跟我们的一样；/我父亲也会在那里摆脱罪愆/血腥的凶手不再走近他身旁。

当他仰望长空，观看天星/他会觉得，不再有妄念欺人；/因为，深思熟虑，会有好报应/有信仰的人，他就接近神圣。

对于任何一种高贵的信仰/到处都可以获得保证的言辞；/尽管大胆去误解，大胆去梦想/幼稚的游戏常有高深的意义。

——席　勒

让我的眼睛向你告别/我的嘴已说不出话来！/平素我倒也十分坚决/如今却怎地难以忍耐!

纵有甜蜜的海誓山盟/在这种时刻也要伤心/你的亲吻多么冰冷/你的握手多么没劲!

从前轻轻偷尝的一吻/真是我极大的造化！/我们刚在三月早春/就把紫罗兰欣然摘下。

我那芳邻家的窗帷/掀来掀去飘动：/一定是她暗地偷窥/看我可在家中，

看我白天所生的气/那愤愤的嫉妒/是否依旧放在心里/永远不会消去。

可惜那美人的心中/并无这种意思/我看，原来却是晚风/在跟窗帷嬉戏。

——歌　德

我悄声对你讲话：/你在破月亮的/苦草脸后面可听见我?/在空气的神美下面/天亮了/黎明可是一条鳍翅颤动的红鱼?

你真美/我对长满绿色防风根的田野这样说/你的皮肤冰凉而干燥。我在我所住的/这座城市的房屋方块之间这样说/你的目光——温柔而可信如一只鸟的目光/我对摆动的风这样说/你的颈子——你可听见——是空气做的/那像鸽子似的滑过蓝叶的网眼的空气/你抬起了脸/它在砖墙上又一次显得像影子/你真美。你真美/我在你身旁的睡眠凉如水/我悄声对你讲话/于是夜晚破碎如苏打，又黑又蓝。

——克罗洛

你夏天骗了我/我的朋友，我说真个的/我要在冬天报复你/在一个落雪的日子里/和一个比你更爱我的人/和一个比你给我更多的人/我说话算数的，我说话算数的/一年快完了/我说话算数的。

——哈克斯

说吧，发生了什么样奇迹?

我可以用你的眼睛看/你用我的脚步走路/你没讲的我都懂得/你的话有如风之吹拂……

你存在，就是我的复苏——

说吧，对我可发生了奇迹?/发生的正是一个奇迹：/通过你我走近了自己/我的存在就是，你，你在这里。

——贝歇尔

可要盯住那猛兽/它把林子啃光了/它把河流喝干了/它把太阳吹暗了/白昼沉重地死掉。

它吞吃了时刻，能够/吞吃死掉的日子/它呼吸着腐臭的风/白昼被忘却/正如它们流逝。

它的尾巴不时/在你脸上打出了伤疤/在时间停留的地方……/爱我吧，别说/“不是爱的时候。”

——埃彭贝克

久已死去而紧闭的心/它在欢呼美丽的人世/枝干都在发芽开花/重新充满生命之力/哦！我又面向着人生/正当我的花欣欣向荣/冲破它的干枯的外壳/进入光和大气之中。

一切变得多么不同！/我所憎恶者，我所逃避者/如今在我生命之歌中/又奏出妙音，非常和谐/随着每小时的钟声/我就很奇妙地想起/我的童年的黄金时代/自从我发现这一位佳丽。

狄奥提玛，幸福的造物！/绝妙的人！我的精神/由她治愈了生的痛苦/有希望获得神仙的青春！/我们的天国将永远常驻/在我们彼此会晤以前/我们的内心已经相识/结下深不可测的良缘。

当我还做着童年之梦/像那蓝色的日子一样/在我园中的树木之下/安然躺在暖和的地上/感到轻快的喜悦和美/我的心正值情窦初开/狄奥提玛的灵魂就像/西风的声音向我飘来。

唉！当我的生命之美/消逝得仿佛传说一样/当我的困乏之身面对着/天日而立，像盲人一样/当时代的重荷压倒我/我这苍白、冰冷的生活/已经充满憧憬地趋向/鬼魂们的沉默的冥国。

那时，好像自天而降/来了理想的大力大勇/神仙之姿！你光芒四射/出现在我的黑夜之中！/为了去寻找你，我又从我死气沉沉的海港/解开我的酣睡的小船/把它放进蓝色的海洋。

如今！我已经找到了你/在爱情的欢乐良时/比我预想的还要美好/贵人！好人！你就在此地/哦，我的可怜的幻想！/快乐完美的大自然/只有你才能把这一位/雕琢成永远和谐的天仙！

正像上界那些幸福者/寄身于欢乐遁迹之处/寄身于摆脱浮

生而且/熠耀着不变之美的天府/正像乌拉尼亚和谐地/面对太古混沌的争吵/她站在时代的废墟上/保持她的仙姿绰约。

——荷尔德林

心。我的心，你不要忧郁/快接受命运的安排/寒冬从你那儿夺走的一切/新春将重新给你带来。

为你留下的如此之多/世界仍然这般美丽！/一切一切，只要你喜欢/我的心，你都可以去爱!

——海　涅

歌啊，我美好的歌！/唱起来吧，唱起来吧！/让喇叭也一齐吹响/去迎接一位姑娘/一位将统治我整个心灵的/姑娘，拥戴她登上宝座/成为我的女王。

万岁，我年轻的女王！/我要从高空的太阳/扯下金红的丝带/织成灿烂的王冕/戴在你圣洁的头上/我要从飘荡的天幕/从珠玉璀璨的夜空/割下一块蓝色锦缎/缝成登极的霞帔/披在你至尊的肩上。

我要让仪态端庄的索籁特/趾高气扬的特齐纳和温文尔雅的/斯当采，做你的廷臣；/让我的机智做你的侍从/让我的幻想做你的小丑/让我的幽默做你的传令官/带着以我含笑的泪绘成的文章。

而我自己，女王啊/将来到你座前/跪在红色的绒垫上/把我仅有的一点点理智/你国中的先王怜悯我而给我留下的/一点点理智，诚惶诚恐地/向你奉献。

——海　涅

我在年轻的时候/也有过热烈的爱/受过爱火的痛灼/只因为木柴太贵/爱火终于熄灭/说实在的，这倒不错!

想想吧，美人儿/快擦干愚蠢的泪/快忘掉痛苦的爱/只要你还活着/就投入我的怀抱/说实在的，这也不错!

——海　涅

死是清凉的黑夜/生是闷热的白天/暮色朦胧，昏昏欲眠/白天已令我厌倦/我床头长出一棵树/夜莺儿在枝间鸣啭/它一个劲儿歌唱爱/我在梦中仍然听见。

——海　涅

我们刚见面，我察言观色/就发觉，你对我情意颇深；/要不是碍于你恶意的母亲/我相信，我们会立即亲吻。

明天我又要离开此城/继续走上我旧日的征程；/金发的姑

娘将等在窗口/我将抛给她亲密的飞吻。

——海　涅

我又走上从前的旧路/那非常熟悉的胡同；/我走过我恋人的家门/却已是人去楼空。

街道尽是那样狭窄！/石子路令人难忍！/房子像倒到我的头上！/我尽力拔足飞奔！

——海　涅

我站在黑暗的梦中/凝望着她的画像/她那可爱的面貌；/像暗暗活起来一样。

一种奇妙的微笑/浮在她嘴唇周围/而她那一双眼睛/闪耀着忧伤的眼泪。

从我的两颊上面；/也不由掉下泪珠——/唉，我真不能相信/我已经把你失去！

——海　涅

嘴儿红红的姑娘/眼儿甜蜜、明亮/我可爱的人儿啊/我永远将你怀想。

在这漫漫的冬夜/我真愿来到你身旁/坐在你的小房里/对你把知心话细讲。

——海　涅

一等你做了我的妻子/人人都会把你羡慕/你将生活得无忧无虑/享受不尽幸福、欢乐。

你尽管骂我，尽管撒泼/我都一概不以为过；/只有一件事使我抛弃你/就是你不称赞我的诗歌。

——海　涅

我又重温了昔日的旧梦/梦见我俩坐在菩提树阴/在一个美好的五月之夜/我俩发誓相互永远忠诚。

发完一个誓再发一个誓/我俩嬉笑、爱抚又亲吻/你并且在我手土咬一口/为了使我把誓言记在心。

我明眸生辉的小爱人啊！/你这么妩媚却这么任性！/发誓忠诚纵然理所应当/咬我一口可实在是过分。

——海　涅

每当你经过我身旁/只要衣裙碰我一碰/我的心立刻欢呼雀跃/狂热地追随你的芳踪。

可一旦你转过脸来/睁大眼睛瞪我一瞪/我的心立刻惊惶失措/收住脚步再不能前行。

——海　涅

两个人分离之时/总不免握手惜别/开始流下了眼泪/而且不住地叹息。

我们并没有哭过/也没有唉声叹气！/直到分别了以后/我们才流泪叹息。

——海　涅

是温暖的春夜/催得百花开放；/我的心要不留神/又会将谁爱上。

不知百花中是谁/将缠住我的心?/歌唱的夜莺警告说/对百合最得当心。

——海　涅

情况紧迫，警钟齐鸣/唉！我已然头脑昏昏/春天和一双美目/正合谋对付我的心。

春天和一双美目/使我的心陷入新的迷惘/我相信玫瑰和夜莺/也参与了它俩的勾当。

——海　涅

林中的草木萌芽发青/有点像少女情窦初开；/太阳俯望着大声笑道：/年轻的春天，欢迎你来!

夜莺！我也听到你歌唱/你叫得何其忧喜交并/你那绵绵的呜咽之声/你的歌儿纯粹是爱情!

——海　涅

丁香的香气多么芳馨！/仿佛一群金蜂的星星/在紫蓝色的天空里面/闪烁得多么战战兢兢!

在栗树的黑阴里闪烁着/春光无限的；白色别墅/我听到玻璃门嘎吱作响/我听到亲切的低声耳语。

可爱的战栗，甜蜜的颤抖/羞怯怯的温柔的拥抱——/娇艳的蔷薇侧耳窃听/夜莺也在不住地啼叫。

——海　涅

世界这样美，天空这样青/微风吹得这样温和宁静/百花在绿野里眨着眼睛/闪耀着带着朝露的光影/我环顾世人都高高兴兴——/可是我却想在墓中栖身/偎依着一位死去的恋人。

——海　涅

哦，不要发誓，只要接吻/女人的发誓我不相信！/你的话儿说得真甜/可是我亲到的吻更甜！/有了它，我也就相信它/言语只不过是空话。

哦，恋人，你常常发誓吧/我相信你嘴上的空话！/我只要倒在你的怀中/我就自以为幸福无穷；/我相信你会永远爱我/而且比永远更久地爱我。

——海　涅

星星们高挂空中/千万年一动不动/彼此在遥遥相望/满怀

着爱的伤痛。

它们说着一种语言/美丽悦耳，含义无穷/世界上的语言学家/谁也没法将它听懂。

可我学过这种语言/并且牢记在了心中/供我学习用的语法/就是我爱人的面容。

——海　涅

深秋的雾，寒冷的梦/披着霜的山和谷/树被风撕去了叶/死气沉沉，一片光秃。

唯有一棵树亭亭静立/唯有一棵树拥着叶簇/仿佛为感伤的泪所浇洒/正轻轻摇着绿色的头颅。

啊，我的心就像这荒原/你的倩影，美人儿啊/就是我的荒芜的心里/唯一一棵碧绿碧绿的树!

——海　涅

一听到那种歌声/我恋人唱过的小曲/我的心儿就破碎/禁不住剧烈的痛苦。

一种忧郁的憧憬/迫使我去山林高处/我那过大的哀伤/化为点点的泪珠。

——海　涅

自从恋人弃我远离/我已把欢笑完全忘记/许多人向我卖弄

诙谐/可是我也笑不出来。

自从我失去了她/我也把哭泣完全丢下；/哪怕痛苦得使我心碎/可是我也哭不出来。

——海　涅

春天很严肃，它做的梦/非常凄凉，百花在注望/无限痛苦，夜莺的歌声/荡漾着一种秘密的忧伤。

哦，不要笑，亲爱的丽人/别笑得这样兴高采烈！/哦，还是哭吧，我真甘愿/吻你脸上流下的眼泪。

—海　涅

第一次谈情说爱的人/虽不成功，总是个神仙；/可是第二次再谈恋爱/还不成功，他就是笨蛋。

我，这种笨蛋，我去恋爱/又没有获得对方垂青！/太阳、月亮和星辰大笑/我也跟着笑——就此丧命。

——海　涅

他们俩倾心相爱/可是不肯相互承认/一见面就像仇敌/还说爱情真烦死人。

他俩终于天各一方/只偶尔相逢在梦境；/他们早已进入坟墓/却永远不知道真情。

——海　涅

我的恋人温柔而漂亮/她的倩影真使我难忘；/紫罗兰眼睛，蔷薇花的脸/年年盛开得非常鲜艳/我竟错过了这样的姑娘/真是我蠢举中最蠢的一桩。

——海　涅

您那绛色的嘴唇啊/和玫瑰一样柔和、鲜艳……/我们的诗，我们的散文/对您是徒然一片噪音/不过，您引起的美的记忆/秘密地感动我们的心——/于是，我将草率的词句/虚心地写在您的手册里。

——海　涅

爱人，这些诗歌有一天/再能捧在你的手上/请你去坐在钢琴旁边/我从前惯常站在你身旁。

把钢琴弹得激越地响/然后对这本书里细看：/你不要读!你只管唱! /页页是为你写的诗篇。

这些白纸黑字的诗歌/会多么凄然向我凝望/出神入化地唱出你的口/真能扯碎人们的心肠!

——歌　德

两个骑士站着，面对着/一个高贵的西班牙少女/两个人都望着她的眼睛/笔直地，勇敢而无顾忌/英俊的面容闪着光彩/两颗心里燃烧着火焰/两个人都以有力的手/按着拔出鞘的宝剑。

他们爱她胜过了生命/她和荣誉一样的珍贵/但是，她只能爱一个人——/少女的心究竟属于谁?/两个人都在对她说：/“你爱谁?请立刻决定。”/并且怀着青春的希望/笔直望着美人的眼睛。

——普希金

我躺在溪中的砂石上，四周多明亮！/我张开双臂，迎接滚滚而来的水波/它多情地扑进我充满渴慕的胸膛/随即便轻浮地流向下游，此刻/又有第二个水波接近我，爱抚我/我体验到了变换的愉快和欢乐。

然而，多可悲，你就如此地/将短暂人生的宝贵光阴蹉跎/只为那最爱你的姑娘把你忘却！/呵，唤回它们吧，从前的时光！/第二个姑娘的嘴唇尽管甜蜜/可最会接吻的仍旧是第一个。

——歌　德

当太阳已经沉落下去/黑暗就接在后面上场/晚霞有着金色的面庞/黑夜却像穿丧服一样。

自从我爱人走了以后/我就像个黑人的小孩/我那红润快乐的面庞/已经变得深黑而憔悴。

黑暗定要深深地隐瞒/一切哀伤和一切欢乐/可是月和星却要透露/它们胸中藏的是什么。

如果我的嘴向你隐瞒/我心中的秘密的热情/眼光和眼泪定会透露：/我的爱情永不会安静。

——布伦坦诺

我每天傍晚走了出去/走向牧场小路上/她从后屋里向外张望/屋子紧靠在路旁/我们还没有约过一次/世上的事就是如此。

我不知道是怎么回事/我们早就接吻过/我没要求她，她没说同意/可是也没拒绝我/当嘴唇乐于跟嘴唇碰上/我们不阻拦，觉得无妨。

微风在调戏蔷薇之时/她不问：“你可爱我?”/蔷薇向露水吸取凉意/她并没多说：“给我!”/我对她多情，她对我有意/可是谁也不说：“我爱你。”

——乌兰德

街上传来邮车号角的声音/你跳得这样厉害，是什么原因/我的心?/邮车并没有给你带来书信/你干吗这样奇怪地跳个不停/我的心?

是呀，邮车是来自那座城市/我有个亲爱的姑娘住在那里/我的心?/你要不要过去看个究竟/问问那边现在是什么情形/我的心?

——缪　勒

我想知道，它们在夜间/为何唱得如此美/在这世界上没有一人/跟它们一同不寐。

天上的云，在那儿移动/你知道那花园?——每逢大地回春/就有个姑娘在阴凉的小路上/走过那寂寥之境/惊醒小溪发出迷人的声响/好像四周的花木都在歌唱/歌唱过去的美丽的良辰。

树梢，流泉，鸣响吧，不要停止！/不管你兴高采烈地走往哪里/到处都找不到安息/秘密的歌唱将会传到你那里/唉，这种魔力的奇异的圈子/我和你，我们都无法逃避！/大地是如此苍白/黑夜穿过森林之中/在草上轻轻徘徊。

黑夜，浮云，它们去哪里/我很清楚地知道/山后有一座幽谷，那里/我的恋人在睡觉。

隐修士敲起他的小钟/她耳朵听不见/她那垂下来的秀发/遮住整个的脸。

天主让她在那里休息/用月光将她包裹/不让任何人将她惊醒/因为她梦着我。

——乌兰德

玫瑰，压倒群芳的红玫瑰，昨夜的雷雨，原来是你发出的信号——真娇贵的丽质！/你的颜色，是我视觉的醇醪；我想走近你，但我又不敢/青年！几滴白露在你额上，在晨光中吐艳/你颊上的笑容，定是天上带来的；可惜世界太庸俗，不能供给他们常住的机会/你的美是你的运命！/我走近来了；你迷醉的色香又征服了一个灵魂——我是你的俘虏！/你在那里微笑！我在这里发抖/你已经登了生命的峰极。你向你足下望——一个无底的深潭！/你站在潭边，我站在你的背后，——我，你的俘虏/我在这里微笑！你在那里发抖/丽质是命运的命运/我已经将你擒捉在手内！我爱你，玫瑰！/色，香，肉体，灵魂，美，迷力——尽在我掌握之中/我在这里发抖，你——笑/玫瑰！我顾不得你玉碎香销，我爱你！

——徐志摩

山下曾住过我的恋人/她现在已经谢世/那棵树依然傍着家门/我们曾同坐在那里。

我总要望望那座故居/可是泪眼很模糊/我也想向那山下走去/孤零零死在那里！

——艾兴多尔夫

美丽的各色的鸟儿/你们唱得多响亮！/白云，轻轻的征帆/飞快地驶往何方？

你们全都是一起/飞向我恋人的地方/告诉她，我在这里/是多么孤寂而忧伤。

我站在森林中窥望/一切都沉寂无声/只有树梢在抖动/来吧，甜蜜的恋人！

阴暗潮湿的黑夜/已罩住森林和田野/高高照耀的月亮/走进沉寂的世界。

在我灵魂的深处/是怎样战战兢兢！/你不在这里，四周/是多么荒凉而冷清!

什么声音?——她来了！/森林，从高处喧响吧/黑夜，月亮和星辰/让它们自升自落吧!

——艾兴多尔夫

朋友，再给我一个亲吻/由你的嘴给我亲吻/唉！我对你是如此热爱！/朋友，再给我一个亲吻/如果现在你很悭吝/我就要做窃贼偷吻；/朋友，再给我一个亲吻/由你的嘴给我亲吻。

亲吻乃是可爱的游戏/你不以为然，可爱的人生?/亲吻乃是可爱的游戏/决不会使人感到过剩/无目的地多多亲吻/给予，接受，再给我亲吻/亲吻乃是可爱的游戏/你不以为然，可爱的人生?

你只要给我一个亲吻/我会回报你一千个吻/唉，时间过得多么迅速/你只要给我一个亲吻/我不要求海誓山盟/只要嘴唇出于真情/你只要给我一个亲吻/我会回报你一千个吻。

我们亲吻时，时间过得/像一阵风，迅速万分/我们享福时，时间也过得/像一阵风，迅速得很！/唉，就要分离，多么快速！/哦，怎不使我感慨万分!

我们亲吻时，时间过得/像一阵风，迅速得很/既然我们不得不分手/再给我一个临别的吻！/相离相隔，多么痛苦！/难道现在就要飞分?/祝你珍重，请想着我/不管你烦恼或是高兴；/既然我们不得不分手/再给我一个临别的吻!

——沙米索

我的头发并不是/向来就银光闪闪/我自己也曾年轻过/算来时间已久远。

我看到你，啊，姑娘/红润，年轻而愉快/不由引起我回忆/那些往昔的时代。

你的母亲的母亲——/那样美，天下无双/我愕然像望着太阳/感到她刺眼的光芒。

她曾握过我的手/使我欢喜得发抖/后来她爱上别人/我只得去异乡飘流。

我在外倦游了很久/迟迟地再回到故乡；/在故乡的天空里/已升起另一个太阳。

是你的母亲，哦，姑娘，——/那样美，天下无双/我愕然像望着太阳/感到她刺眼的光芒。

她让我吻她的额头/我真是止不住发抖/后来她爱上别人/我只得去海外飘流。

在梦中苦度了半生/如今我已经衰老/我回来，第三个太阳/又在天空里照耀。

就是你，可喜的姑娘；/这样美，天下无双/我望你，像望着太阳/感到你刺眼的光芒。

你让我吻你的嘴唇/好心地觉得我可怜/你如果再爱上别人/我即将去地下长眠。

——沙米索

在春天的绿阴下我见到她；/我用蔷薇花带系住她：/她没有觉到，只在那儿微睡。

我瞧着她；我的生命/随着这视线系上她的生命：/我感觉到，却莫名其妙。

可是我却对她无言地低语/我把蔷薇花带抖动，沙沙作响：/于是她从微睡中惊醒。

——克洛普斯托克

园林静悄悄，在春夜的幽暗里/一只东方的夜莺歌唱在玫瑰花丛/但可爱的玫瑰没有感觉，毫不注意/反而在恋歌的赞扬下摇摇入梦/你不正是这样给冰冷的美人歌唱?/醒来吧，诗人！有什么值得你向往?/她毫不听，也不理解诗人的感情；/你看她鲜艳，你呼唤——却没有回声。

——普希金

有一枝珍奇的玫瑰/在惊异的竖琴之前/受着维纳斯的祝福/开得又嫣红，又鲜艳/尽管冰霜的寒气吹拂/琴和诗情都已凋残/只有那枝不谢的玫瑰/独傲于瞬息的玫瑰间……

——普希金

我有一个恋爱；——/我爱天上的明星；/我爱他们的晶莹：/人间没有这异样的神明。

在冷峭的暮冬的黄昏/在寂寞的灰色的清晨/在海上，在风雨后的山顶——/永远有一颗、万颗的明星!

山涧边小草花的知心/高楼上小孩童的欢欣/旅行人的灯亮与南针：——/万万里外闪烁的精灵!

我有一个破碎的魂灵/像一堆破碎的水晶/散布在荒野的枯草里——/饱啜你一瞬瞬的殷勤。

(有时微笑的妩媚是启悟的棒槌!)；/是何来倏忽的神明，为我解脱/忧愁，新竹似的豁裂了外箨/透露内裹的青篁，又为我洗净/障眼的盲翳，重见宇宙间的欢欣。

这或许是我生命重新的机兆；/大自然的精神! 容纳我的祈祷/容许我的不踌躇的注视，容许/我的热情的献致，容许我保持/这显示的神奇，这现在与此地/这不可比拟的一切间隔的毁灭!

我更不问我的希望，我的惆怅/未来与过去只是渺茫的幻想/更不向人间访问幸福的进门/只求每时分给我不死的印痕，——/变一颗埃尘，一颗无形的埃尘/追随着造化的车轮，进行，进行，……

——徐志摩

去罢，人间，去罢！/我独立在高山的峰上；/去罢，人间，去罢！/我面对着无极的穹苍。

去罢，青年，去罢！/与幽谷的香草同埋；/去罢，青年，去罢！/悲哀付与暮天的群鸦。

去罢，梦乡，去罢！/我把幻景的玉杯摔破；/去罢，梦乡，去罢！/我笑受山风与海涛之贺。

去罢，种种，去罢！/当前有插天的高峰；/去罢，一切，去罢！/当前有无穷的无穷！

人生的冰激与柔情/我也曾尝味，我也曾容忍；/有时阶砌下蟋蟀的秋吟/引起我心伤，逼迫我泪零。

我袒露我的坦白的胸襟/献爱与一天的明星；/任凭人生是幻是真/地球存在或是消泯——/太空中永远有不昧的明星！

——徐志摩

我独自在海边徘徊/遥望着无边的霞彩/我想起了我的爱/不知她这时候何在?/我在这儿等待——/她为什么不来?/我独自在海边发痴——/沙滩里平添了无数的相思字。

假使她在这儿伴着我/在这寂寥的海边散步?/海鸥声里/听私语喁喁/浅沙滩里/印交错的脚踪/我唱一曲海边的恋歌/爱，你幽幽的低着嗓儿和！/这海边还不是你我的家/你看那边鲜血似的晚霞；/我们要寻死/我们交抱着往波心里跳/绝灭了这皮囊/好叫你我的恋魂悠久的逍遥/这时候的新来的双星挂上天堂/放射着不磨灭的爱的光芒。

夕阳已在沉沉的淡化/这黄昏的美/有谁能描画?/莽莽的天涯/哪里是我的家/哪里是我的家?/爱人呀，我这般的想着你/你那里可也有丝毫的牵挂?

——徐志摩

我来扬子江边买一把莲蓬；/手剥一层层莲衣/看江鸥在眼前飞/忍含着一眼悲泪——/我想着你，我想着你，阿小龙!

我尝一尝莲瓤，回味曾经的温存：——/那阶前不卷的前帘/掩护着同心的欢恋：/我又听着你的盟言/“永远是你的，我的身体，我的灵魂。”

我尝一尝莲心，我的心比莲心苦；/我长夜里怔忡/挣不开的噩梦/谁知我的苦痛?/你害了我，爱，这日子叫我如何过?

但我不能责你负，我不忍猜你变/我心肠只是一片柔：/你是我的！我依旧/将你紧紧的抱搂——/除非是天翻——但谁能想像那一天?

——徐志摩

“别拧我，疼，”……/你说，微锁着眉心。/那“疼”，一个精圆的半吐/在舌尖上溜——转。/一双眼也在说话/睛光里漾起/心泉的秘密。/梦/洒开了/轻纱的网。/“你在哪里?”/“让我们死，”你说。

——徐志摩

这也许是个最好的时刻/不是静。听对面园里的鸟/从杜鹃到麻雀，已在叫晓/我也再不能抵抗我的困/它压着我像霜压着树根；/断片的梦已在我的眼前/飘拂，像在晓风中的树尖/也不是有什么非常的事/逼着我决定一个否与是/但我非得留着我的清醒/用手推着黑甜乡的诱引：/因为这是我唯一的机会/自己到自己跟前来领罪/领罪，我说不是罪是什么?/这日子过得有什么话说!

——徐志摩

在半忧愁，半欢喜的预计/计算着我的归期；/啊，一颗纯洁的爱我的心/那样的专，那样的真！/还不催快你跨下的牲口/趁月光清水似流/趁月光清水似流，赶回家/去亲你唯一的她!

——徐志摩

今晚的月亮像她的眉毛/这弯弯的够多俏！/今晚的天空像她的爱情/这蓝蓝的够多深！/那样多是你的，我听她说/你再也不用多疑惑；/给你这一团火，她的香唇/还有她更热的腰身！/谁说做人不该多吃点苦?/吃到了底才有数/这来可苦了她，盼死了我/半年不是容易过！/她这时候，我想，正靠着窗/手托着俊俏脸庞/在想，一滴泪正挂在腮边/像露珠沾上草尖：/(这礼堂是你的坟场/你的生命从此埋葬!）/让伤心的热血添浓你颊上的红光；/(你快向前/到礼台边/见新郎面!）/忘却了，永远忘却了人间有一个他：/让时间的灰烬/掩埋了他的心/他的爱、他的影——/新娘，谁不艳羡你的幸福，你的荣华!

——徐志摩

是谁家的歌声/和悲缓的琴音/星光下，松影间/有我独步静听。

音波，颤震的音波/穿破昏夜的凄清/幽冥，草尖的鲜露/动荡了我的灵府。

我听，我听，我听出了/琴情，歌者的深心/枝头的宿鸟休惊/我们已心心相印。

休道她的芳心忍/她为你也曾吞声/休道她淡漠，冰心里/满蕴着热恋的火星。

——徐志摩

记否她临别的神情/满眼的温柔和酸辛/你握着她颤动的手——/一把恋爱的神经?

记否你临别的心境/冰流沦彻你全身/满腔的抑郁，一海的泪/可怜不自由的魂灵?

松林中的风声哟！/休扰我同情的倾诉；/人海中能有几

次/恋潮淹没我的心滨?

那边光明的秋月/已经脱卸了云衣/仿佛喜声地笑道：/“恋爱是人类的生机!”

我多情的伴侣哟! /我羡你蜜甜的爱焦/却不道黄昏和琴音/联就了你我的神交?

——徐志摩

看一回凝静的桥影/数一数螺细的波纹/我倚暖了石阑的青苔/青苔凉透了我的心坎;

月儿，你休学新娘羞/把锦被掩盖你光艳首/你昨宵也在此勾留/可听她允许今夜来否?

听远村寺塔的钟声/像梦里的轻涛吐复收/省心海念潮的涨歇/依稀漂泊踉跄的孤舟;

水粼粼，夜冥冥，思悠悠/何处是我恋的多情友?/风飕飕，柳飘飘，榆钱斗斗/令人长忆伤春的歌喉。

——徐志摩

我是天空里的一片云/偶尔投影在你的波心——/你不必讶异/更无须欢喜——/在转瞬间消灭了踪影。

你我相逢在黑夜的海上/你有你的，我有我的，方向；/你记得也好/最好你忘掉/在这交会时互放的光亮!

——徐志摩

无尽的亲情

“母亲，你说过我们的梦/是天仙在夜间尽成；/梦是窗子，从里面望见了未来/用我们的灵魂的眼睛。

母亲，我做了一个梦/你能不能给我下一个判断?/我梦见长了翅膀，飞去了/穿过大气，穿过无限的空间。”

“儿子，我灵魂的宝贵的太阳！/欢乐的是这太阳的光辉；/上帝要给你长久的生命/这是你的幸福的梦的秘密。”

这孩子渐渐长成了/他热烈的胸中闪耀着青春/歌声是心的仁爱的慰藉/当激动的血液在沸腾。

——裴多菲

你老是吩咐我，亲爱的父亲：/要我追随你，要我继承/你的职业，做一个屠户……/可是你的儿子却做了文人。

你用你的家伙击牛/我用我的笔和人们斗争——/我们做的是同样的事/不同的只是那名称。

——裴多菲

我给父亲去牧羊/我听不见头羊的铃铛/笔走进了绿油油的秧田/太近了，当我发见的时光。

我亲爱的母亲/把粮食装满了我的背包；/幸而我已经失掉了它/我这才有机会绝食了。

亲爱的父亲，亲爱的母亲/什么事也不要叫我做/原谅我吧，如果我错了——/我也不知道，我在做什么!

——裴多菲

父亲给我强健的体魄/还有立身行事的谨严/母亲给我快活的天性/还有喜欢把故事杜撰/曾祖父生来爱好美色/他的幽灵也忽隐忽现/曾祖母爱好金银首饰/这同样流贯我的血管/所有因素形成一个/不可分割的整体/你能说什么是此人的/本性使然?

——歌　德

我惯于高高地昂起头颅/性情也有些固执、倨傲；/纵使国王正视着我的脸/我也绝不肯低眉顺眼。

可是，母亲，我坦白对你说：/我尽管高傲自大，目空一切/在你的幸福而亲切的身旁/我却常常感到卑微、胆怯。

是你的精神悄悄制服了我？——/你崇高的精神无往不胜/光明灿烂可与日月辉映。

还是往事的回忆令我难过？——/我曾干下那样一些事情/伤了你爱我的慈母之心。

——海　涅

我曾狂妄地离开你/想要走遍天涯海角/看何处能寻找到爱/好满怀着爱将爱拥抱。

我找遍了大街小巷/挨门挨户伸手乞讨/求人给我些许爱的施舍——/可得到的只是笑骂冷嘲。

我不停地走到东，走到西/哪儿也没有爱，没有爱/我终于转回家，痛苦又悲哀。

这时母亲你迎着我走来/啊，瞧你那眼里浮泛着的/不正是我久寻不着的甜蜜的爱！

——海　涅

春晨，你随我奔向田野、牧场/当你还是个乖巧小女孩的时候/“可爱的小女儿，善良又温柔/我要像父亲，为她造幸福的小房！”

当你开始观察周围的世界/你的快乐就是为家人操心/“多好的姊妹！我真叫幸运：/啊，我与她可以相互信赖!”

一切都限制不了美的成长；/我心中已汹涌着爱的狂澜/我要拥抱你，为减轻苦愁?

唉，不，你只能是我的女王：/你亭立在我面前，那么傲岸；/只要你投来一瞥，我便低头。

——歌　德

我冷酷的岁月的伴侣/我年迈的老妈妈，亲人！/你独自在荒野松林里/久久地，久久地等我来临/你在自己的堂屋窗下/像岗哨，苦苦度着光阴；/在你叠皱的手里，那织针/每一分钟都缓缓停下/你望着那荒凉的门口/和幽黑而遥远的路径/预感、思虑，深深的忧愁/每一刻窒压着你的心/你似乎觉得……

——普希金

母亲，那还只是前天/我完全是你的，你唯一的儿；/你那时是我思想与关切的中心：/太阳在天上，你在我的心里；/每回你病了，妈妈，如其医生们说病重/我就忍不着背着你哭/心想这世界的末日快来了；/那时我再没有更快活的时刻，除了/和你一床睡着，我亲爱的妈妈/枕着你的臂膀，贴近你的胸膛/跟着你和平的呼吸放心的睡熟/正像是一个初离奶的小孩。

但在那二十几年间虽则那样真挚的忠心的爱/我自己却并不知道；“爱”那个不顺口的字/那时不在我的口边/就这先天

的一点孝心完全浸没了/我的天性与生命。

这来的变化多大呀！/这不是说，真的，我不再爱你/妈！或是爱你不比早年，那不是实情；/只是我新近懂得了爱/再不像原先那天真的童子的爱/这来是成人的爱了：/我，妈的孩子，已经醒起，并且觉悟了/这古怪的生命要求。

生命，它那进口的大门是/一座不灭的烈焰——爱——/谁要领略这里面的奥妙/谁要觉着这里面的搏动/(在我们中间能有几个到死不留遗憾的!) /就得投身进这焰腾腾的门内去——

但是，妈，亲爱的，让我今天明白的招认/对父母的爱，孝，不是爱的全部；/那是不够的；迟早有一天/这“爱人”化的儿子会得不自主的/移转他那思想与关切的中心/从他骨肉的来源/到那唯一的灵魂/他如今发现这是上帝的旨意/应得与他自己的融合成一体——/自今以后——/不必担心，亲爱的母亲，不必愁/你唯一的孩儿会得在情感上远着你们——/啊不，你正应得欢喜，妈妈呀！/因为他，你的儿，从今起能爱/是的，能用双倍的力量来爱你/他的忠心只是比先前益发的集中了；/因为他，你的孩儿，已经寻着了快乐/身体与灵魂/并且初次觉着这世界还是值得一住的/他从没有这样想过/人生也不是过分的刻薄——/他这来真的得着了他应有名分/因此他在感激与欢喜中竟想/赞美人生与宇宙了!

妈呀“我们俩”赤心的，联心的爱你/真真的爱你/像一对同胞的稚鸽在睡醒时/爱白天的清光。

——徐志摩

无悔的爱情

你所爱的一切我都爱/欢乐的精灵！/我爱看大地披上葱绿的新装/也爱夜晚的星星；/我还爱秋天的傍晚/和那拂晓时分的金雾弥漫。

——雪　莱

我爱爱神，虽然他长着翅膀/亮光一闪就飞去：/但我爱你，驾乎一切之上/精灵呵，我最爱你：/你就是爱和生命！你来，你来/愿你再来居住在我的胸怀。

——雪　莱

我爱恬静的独处/也爱交游和良朋/只要聪明、善良而和睦/你我究竟有何不同?/我虽爱，而追求不到手/但你却应有尽有。

——雪 莱

亮晶晶的星星在眨眼/美丽的月亮在星群中露脸/亲爱的简恩! /吉他之声玎玲/但那音乐不算美妙，要是你不唱一遍。

——雪 莱

她走在美的光影里，好像/无云的夜空，繁星闪烁/明与暗的最美的形相/交会于她的容颜和眼波/融成一片恬淡的清光——/浓艳的白天得不到的恩泽。

多一道阴影，少一缕光芒/都会损害那难言的优美：/美在她绺绺黑发上飘荡/在她的腮颊上洒布柔辉/愉悦的思想在那儿颂扬/这神圣寓所的纯洁、高贵。

那脸颊，那眉宇，幽娴，沉静/情意却胜似万语千言/迷人的笑容，灼人的红晕/显示温情伴送着芳年/和平的、涵容一切的灵魂！/蕴蓄着真纯爱情的心田！

——拜 伦

女郎的躯体，已同芳心分开/她曾像星星闪光似地散播爱；

/在她生时留下欢乐的地方/她的阴魂是否感到很悲伤?

——雪 莱

至于爱情、美以及欢乐，欣喜/是既不会死亡，也不会变易/人的躯壳却远远不如它们/因为人体混浊，透不进光明。

——雪 莱

注视着我吧——别转移你的眼波/你的明眸把我眼里的爱当作食粮；/但我眼中流露的爱情，实在说/只是你自己的美在我灵魂上的反光/同我说话吧——你说话的声响/就像我心灵的回音；我仿佛已听清：/你说你仍旧爱我，然而你的模样/却如一个顾影自怜的人，百事不关心/除了映在镜中的你自己的倩影/可是我目不转睛地看你，已耗尽我的生命；/这常是一种甜蜜的折磨，况且你真慈祥/当我感到困乏的时候，你对我如此怜悯。

——雪 莱

花朵儿的芳香已经散尽/它像你的吻，曾经向我吐馨；/花朵儿的彩色已经黯淡/只有你在时，它才鲜妍！

——雪 莱

这虽然是个不幸的运命/但要使它成为不幸中之大幸；/如

果欢乐死了，爱情还能活/我们相爱吧，在我俩的心窝/不幸的地狱终将变成天国。

——雪 莱

啊！你冰凉的脉搏跳得多迅速/激荡着满腔爱情——你不敢倾吐/你在低语——你在哭泣——/是否你冰一般的胸口跳得迅疾/而我燃烧的心灵却睡得昏迷？

——雪 莱

音乐，当袅袅的余音消灭时/还在记忆之中震荡——/花香，当芬芳的紫罗兰凋谢时/还在心魂之中珍藏。

玫瑰花，待到她死去了/用落红为她的所爱铺成锦床/对你的思念也如此，待你逝去了/爱情就枕着思念进入梦乡。

——雪 莱

我不能奉献所谓爱/但你难道忍心拒绝/心灵/对苍天的崇拜?/这崇拜，苍天并不推却/仿佛飞蛾对星星的遥恋/黑夜对黎明的盼望/人在悲苦的尘世中间/对缥缈梦影的向往。

——雪 莱

希望，奔腾在年轻的心里/经不起岁月的折磨！/爱情的玫瑰长着密密的刺/它欣欣吐苞的处所/总是春寒料峭/少年说，

“这些紫花儿属于我”/但花儿才怒放就枯槁。

——雪 莱

岁月摧毁不了爱情/但薄情寡义会使爱之花遭殃/即使它正在幻想的绿荫中怒放/也会突然凋谢，使你猝不及防/岁月摧毁不了爱情/但薄情寡义却会把爱情摧残/会毁坏它闪烁着朱红光芒的神龛。

——雪 莱

有如谁举起一只魔杯/把飞沫、闪耀、低吟的琼浆狂饮；/一个神通广大的女巫把酒杯斟满/让他爱上她神奇的一吻……

——雪 莱

多么静！——那儿的寂寥/像是被一条链子锁住/甚至那忙碌的啄木鸟/反使这不可破坏的静默/变得更静更静了/我们轻轻地呼吸那平和的气息/一点也不损害那越来越浓的静寂/仿佛从最遥远的地方/从白雪皑皑的荒凉的山峦/直到我们脚下轻柔的花朵/画下了一个魔圈——/一个精灵在周围散布了/迷人的宁静的生命/使我们世俗心灵的纷扰/归于暂时的安宁/而且我还发觉：/这魔圈的中心/就是一个美丽的形象/她使沉滞的气氛洋溢起爱情。

——雪 莱

她一句失言：以亲热的“你”/代替了虚假客气的“您”/使美妙的幻想立刻浮起/再也捺不住这钟情的心/我站在她面前，郁郁地/怎样也不能把目光移开；/我对她说：“您多么可爱！”/心里却想：“我多么爱你！”

——普希金

告诉我，当初发明时间的划分/发明时钟，几点几分的是何人?/那是一位冻僵了的忧郁的男子/他在冬天的深夜里独坐沉思/他数着小鼠隐隐的唏嗦之声/和木蠹的单调的蛀木之声。

告诉我，当初发明接吻的是谁?/那是一张火热的幸福的小嘴；/他接着吻，什么也不放在脑里/那时正是明媚的阳春/花儿在大地上开放/太阳在微笑，鸟儿在歌唱。

——海　涅

他们相识八年/(可以说：他们相互非常了解,) /就像别人丢了帽子或者手杖/他们不再相爱。

他们很难过，却佯装快活/努力投以热吻，好像往常一样/他们互相望着，不知如何是好/她终于哭起来，他不知所措。

从窗口照样可向轮船招手/他说，现在已经四点一刻/到了出去喝咖啡的时候/隔壁照常有人在练习钢琴。

他们走进当地一家最小的咖啡馆/不断在杯中搅动/他们一直坐到天黑/他们孤零零地坐着，谁也不吭声/搞不懂这究竟是怎么回事。

——凯斯特纳

把你的脸贴住我的脸/眼泪就流在一起；/把你的心贴紧我的心/爱火就迸在一起!

等我们潮水似的眼泪/淌到熊熊的火里/等我的手臂搂紧住你——/我情愿殉情而死!

——海 涅

有如那月亮的影子/在汹涌的海波里颤动了/月儿本身却悄然而安稳地/遨游于太空之中：

爱人呵，你就是这样/悄然而安稳地遨游/只有你的倩影在我心中颤动/因为我自己的心儿发抖。

——海 涅

他们今晚在请客/屋子里灯火通明/在楼上明亮的窗口/移动着一个人影。

你看不到我，我独自/站在下面黑暗里；/你当然更不能看到/我的黑暗的心里。

我黑暗的心在爱你/它爱着你，它碎了/它碎了，抽搐、流血/而你却不能看到。

——海 涅

你写的那封信/并不能使我悲伤；/你说你不再爱我/你的信却是这样长。

好一篇小的手稿！/十二页，层层密密！/人们真是要分开/不会写得这样详细。

——海 涅

星星们动也不动/高高地悬在天空/千万年彼此相望/怀着爱情的苦痛。

它们说着一种语言/这样丰富，这样美丽；/却没有一个语言学者/能了解这种言语。

但是我学会了它/我永久不会遗忘/供我使用的语法/是我爱人的面庞。

——海 涅

在我的泪水里面/有许多鲜花怒放/而我的唉声叹气/变成夜莺的合唱。

如果你爱我，姑娘/我把花全部奉赠/而且在你的窗前/发出夜莺的歌声。

——海 涅

我奔来跑去，坐卧不宁！/几小时后我就要见到她，我的爱人；/我的爱人，漂亮姑娘中最漂亮的那个——/可你干吗突突狂跳啊，我忠诚的心!

然而，时光却是一群懒汉! /他们步履拖沓，悠悠闲闲/一路上哈欠打个没完没了——/我说快点啊，你们这些懒汉!

我真个心急火燎，焦躁难耐! /可叹时间女神从来不谈恋爱；/她们密谋策划，发誓跟我们作对/她们看不惯这些恋人，如此急不可待。

——海　涅

所有的花儿全都仰望辉煌的太阳；/所有的河流全都注入辉煌的海洋。

所有的歌儿全都飘到我爱人那里；/凄凉郁悒的歌儿/带去我的眼泪和叹息!

——海　涅

我曾梦见过热烈的爱情/还有漂亮的卷发、桃金娘和木犀/我曾梦见过甜蜜的唇和刻毒的话/还有忧郁的歌儿的忧郁的，乐曲。

昔日的梦境啊早已经退色、飘散/就连梦中的倩影也都杳然逝去! /留给我的只有这软绵绵的曲调/以及用这曲调铸成的狂热诗句。

你独自留下的歌曲啊，飘散吧/去追寻我那久已消失的旧梦! /见着它请代我向它问一声好/我要给空虚的梦影捎去空虚的叹息。

——海　涅

多少女人，多少跳蚤/多少跳蚤，多少痒痒——/她们暗暗给你罪受/而且叫你不好嚷嚷。

须知她们狡狯地笑着/在夜里对你进行报复——/你想搂住她亲热亲热/唉，她却转给你背脊骨。

——海　涅

在那遥远的蓝天上/有两颗奇异的金星。

它们总是互相飞往对方/可又一辈子对立相向。

它们轻轻飞翔，张开闪光的翅膀/为的是能有一次机会，相随和唱。

但是正当它们就要相会/忽然有一双手把它们分开。

你知道它们的名字吗?/燕妮，我诚心诚意地说：

那高空的星星不是我们——/须知你的形像永远在我心中。

瞧，穿过密集的群星/穿过怨恨，穿过原子的搏斗。

我的痛苦与爱情/一再向你飞奔。

——马克思

只要我的七弦琴一奏鸣/心中的热血便会沸腾/我又敢把世上万能的神仙/彻底藐视看轻。

他们能否把闪闪的星光囊括?/他们能否把苍穹也尽加包罗？/能否听到宇宙的舞步/能否在天国欢宴庆祝？

我拒绝他们的礼品/我不需要这些废物/不管拿什么也代替不了/哪怕是拿天堂的极乐幸福!

黑夜梦幻无常/白天热气腾腾/我不需要这广漠的空间/那雾气不是为我而弥漫。

尽管天上雷声轰响/或者歌声轻轻飘荡/我想得到的只是你——/燕妮，我的甜蜜的偶像。

但在快乐和我之间/忽有可怕的怪物出场/我甘愿偿付珍贵的代价——/把自己真诚的生命献上。

我茫茫然倒了下去/再也无力闪烁发光/由于抑止不住的爱和希望/我将喝下一杯苦酒——死亡。

——马克思

希望——美如天使/在我怀中熟睡/如今却在苦恼中呻吟/因为它已经负约失信。

我不能紧贴你的胸膛/因为你在遥远的地方/在这阴沉忧郁的北国里/我将在苦恼中虚度时光。

我在这里有什么前程?/我很难抑制住自己的热情/但愿善良的精灵/轻轻飞进你的心田。

宇宙的深处远在何方?/也许它被云彩遮住?/也许是黑夜和那不灭的阳光/还有爱与恨永远把它阻挡?

或许山洞和原野/只是侏儒们栖息的地方?/或许妒忌的神仙/投来嘲笑的闪电?

也许他们不懂得/在胆怯的血液中沸腾的愿望?/他们莫不是在暗中妒忌/爱情带来的纯朴的欢喜?

我幻想使心中雄伟的歌声/响彻全世界，洋溢着长空/为了获得辉煌的荣誉/向精神堡垒发起猛攻。

空中楼阁，再也没有/幻梦破灭，一去不留/而那一片猩红色的烟雾/会把我心灵的光辉遮住。

一个苍白的怪影升起来/从那迷茫的幻觉的深处/一个热切期望着的时刻/像命运一样把我吸引住。

我要向那茫茫苍天问讯死亡/我能在那儿找到什么?真是荒唐! /我应当达到成熟完善/像火炬自身迸发火光。

有件事要告诉你，我的燕妮：/临行的告别使我满心欢喜/因为千层银波的荡漾/只现出你的动人美丽/让我的日子勇敢地奔流吧! /哪怕那风暴和瀑布的怒吼/为的寻找神圣的成就/为的是回来再跟你聚首。

我穿着一身灿烂夺目的盛装/心怀着骄傲，智慧在发光/我摆脱了可鄙的羁绊/坚决要投入散文之乡/在你的面前，我一切忧伤全都消失/幻想着像春天的树木般不断成长。

——马克思

如果死亡/吞没了音乐：/我们会认识自己吗?/你可住在有

人的房间里?/海里升起了岛屿/一个与我们相关的生命/鸟儿飞上天/不要哭!

月亮/羚羊在叫唤/盖满雪的山谷的荒凉/看吧，我在变/一个懂爱的人/一颗充满希望的心/找到了我。

你在哪里?/一颗星坠落了/你的脸！/你在这里!

如果你干了酒杯/那边有白燕在饮水：/别忘了眼泪/别忘了你梦想的吻/在死者的天上。

你被爱着啊!

——哈森克莱维尔

九月的艳阳挂在蓝色的天空/年轻的李树下一片寂静/我挽留她，那无声而苍白的爱情/在我怀里，一场迷人的美梦/在我头上，在艳丽的夏空/有一朵我久久恋视的浮云/她非常白，高得惊人/当我仰望时，她已渺无踪影。

从那天起，已过数月/她静静地游荡飘逸；/而那些李树似乎已被伐绝/你问我：爱情是怎样的?/我这样回答你：我不能回忆/不过，我的确知道你在想什么/你的脸，我真的想不起/我只知道，吻过它的只有我。

就连这一吻，我似乎也早已忘却——/如果不是这朵云依然存在/现在和将来我都永远知道/云很白，由九霄飘来/李树依然粗壮，鲜花盛开/也许那女人现在有了第七个小孩/那云霞虽艳丽，却只展现几分钟情姿/当我仰望时，她已在风中消逝。

看吧，那成月牙队形翱翔的仙鹤！/当它们从一种生活/向另一种生活迁徙/那流云伴随它们一道飘移/在同一高度双双齐飞/像是一次长空比翼/鹤鸟与流云分割了/它们一闪而过的美丽天空/谁也不在这儿稍稍停憩/在云与鹤追逐的风中/唯见另一只鹤在摇晃/它们俩齐头并进：/风将把它们引向虚空/只要它们不自我消亡/只要它们不遭他物碰撞/只要人们把它们撵走——/从暴风骤雨或炮声轰鸣的地方/它们将在太阳和圆缺不一的月亮的光辉下/飞向远方，直至它们力竭身亡/到哪里去?——你们——不知所向/——从何而来?——来自万物之中/你们问，它们在一起多久了?/才不久，——它们何时离别?——这就是恋人在情爱中暂时分手。

你没有弱点/我却有一个：/我爱。

如果你让我快活/我会常常这样想：/现在就可以死去——/我一生幸福/到了头。

如果你老了/想起了我/我会像今天一个样/而你有个小爱人/还那么年轻。

——布莱希特

山这样爬进/我的窗户/爱是残忍的/把我的心带进/你尘土的光辉里/我的血液凝成忧郁的花岗岩/爱是残忍的。

夜与死亡包围着它们的国土——/并不是为阳光/星星是无声的夜语——/被狂潮撕裂的残忍的爱。

——萨克斯

我的乡愁和我的爱情/在今天这温暖的夜晚/又恢复了温暖的生命/像异国花香一样香甜。

我的乡愁和我的爱情/我的一切幸福和不幸/在你奇异的黑眼睛里/像无言之歌一样辉映。

我的乡愁和我的爱情/从世界和尘嚣中逃脱/在你黑眼睛里为自己/建了一座秘密的王座。

——黑 塞

我的爱情是一只静静的船/划着仿佛幻梦一样的船桨/驶向汹涌澎湃的黑暗的巨浪。

我的爱情是突然闪烁的光/穿过漆黑的沉闷的夜色/仿佛闪电一样不幸地烧光。

我的爱情是个生病的孩子/在夜间躺在床上左思右想；/死神就站在他的病床之旁。

——黑 塞

你的睫毛，长长的/你眼睛的一汪黑泉/让我沉进里面去吧/让我投入它的深处。

矿工降到了矿坑/摇晃着他的昏灯/摇过矿苗之门/高高照在影墙之上。

看吧，我降了下来/在你的怀里忘却/远处，远离上面隆隆声/是光明是痛苦是白昼。

在田野的边缘/(风停留着，醉于谷粒）/丛生着高大的荆棘，高大而萎靡/反衬着天空的蔚蓝。

把手给我吧/我们愿意生长在一起/做一阵风的猎获物/又如孤单鸟群飞翔。

到夏天去倾听/微弱雷雨的管风琴/在秋光中且沐于/蓝色白昼的岸边。

有时我们愿意站/在暗井的边缘/去观看寂静的深处/去寻找我们的爱情。

或者我们走出去/走出金色林子的阴影/硕然出现在轻抹着/你的额头的晚霞中。

神圣的忧郁/永恒之爱的沉默/举起杯来/请痛饮睡眠。

有一天到了终点/带黄斑的大海/悄悄地涌进了/九月的港湾。

到上面去休息/在干渴的花朵的房子里/下面的岩石上有/风在歌唱和哆嗦。

但从高耸到永恒蓝色中的/白杨已经落下了/一片褐黄的叶

子/正落在你的颈子上。

——海　姆

我坐在这里，等待，等待，——却无所等待/在善与恶的彼岸，时而欣赏光/时而欣赏影，一切只不过是消遣/全是湖，全是中午，全是无终点的时间/这时，突然，女友啊！一分为二了——/——查拉图斯特拉从我身旁走过去了……

——尼　采

她约时，曾画过十字/她怎么能说谎?/——莫非是随便跟人跑了/像我的山羊一样?

谁送她那条绸裙?——/啊，我高傲的女郎?/在这森林里不是/还住有许多公山羊?

情人的等待是多么/令人烦躁恼怒！/就像在闷热的夜间/园中长出毒蘑菇。

爱情害得我憔悴/就像七罪宗——/我简直什么不想吃/再会吧，洋葱!

月亮已落进海里/星星都无精打采/灰色的黎明到来——/我情愿离开世界。

——尼　采

我爱过你：也许，这爱情的火焰/还没有完全在我心里止熄/可是，别让这爱情再使你忧烦——/我不愿有什么引起你的悒郁/我默默地，无望地爱着你/有时苦于羞怯，又为嫉妒暗伤/我爱得那么温存，那么专一；/啊，但愿别人爱你也是这样/

——普希金

我躺着，五内如焚——/臭虫在将我叮咬/对面还有光和喧嚣！/我听到，大家在舞蹈……

她曾约好在此时/溜到我的身旁/我像狗一样等待/却不见任何迹象。

——尼 采

女友！——哥伦布说——不要/再信任任何热那亚人！/他总是凝视蓝色的远方——/最远处过分将他吸引！

最珍奇的对我很宝贵！/热那亚——它已沉没而消逝——/心啊，冷静吧！手啊，把好舵！/前方是海洋——是陆地?——陆地?

让我们牢牢站稳脚跟！/我们永不能走向归程！/向前看：远远迎候我们的是/一个死亡，一种荣誉，一种幸运！

——尼 采

啊，神奇呀！他依旧在飞?/在高升，可又不再扇动双翼?

究竟是什么将它托举、提升?/什么是他的目标，什么将他束缚、吸引?

现在，他生活于苍穹，远离尘嚣/宛如星辰，永恒不朽/无论谁羡慕他的飘飞/他都予以同情，只顾高翔于天。

啊，信天翁呀/你以永恒的动力推我扶摇直上九霄/每当我将你驰念/不禁泪若江流——诚然，我爱你!

——尼　采

青年男子谁个不善钟情?/妙龄女人谁个不善怀春?/这是我们人性中的至圣至神；/啊，怎么从此中会有惨痛飞迸?

可爱的读者哟，你哭他，你爱他/请从非毁之前救起他的名闻；/你看呀，他出穴的精魂正在向你目语：/请做个堂堂男子哟，不要步我后尘。

——歌　德

噢，玫瑰姑娘，我受到了幽禁/但别为你给的枷锁感到愧羞：/同样地，那月桂丛中的夜莺/本来称王于林间有翅的歌手/他就靠近美丽而骄矜的玫瑰/在她的幽禁中快乐地栖息/并且温柔地歌唱给她的心扉/在荡人神魂的幽暗的夜里。

——普希金

爱情的喷泉，灵活的喷泉! /这里是两朵玫瑰，我的礼物/

我爱你的不停的絮语/和你的诗一般的泪珠。

你喷出银白色的水尘/像寒露一样洒了我一身/啊，喷吧，喷吧，畅快的水泉！/淙淙地，把你的往事铺陈……

爱情的喷泉，伤心的喷泉！/我要问一问你的大理石墙：/我看过了对这远邦的礼赞/但玛利亚怎样了?你却不响……

你后宫里黯淡的一颗星！/难道在这里你也被人遗忘?/难道玛丽亚和莎丽玛/不过是诗人的美丽的想像?

难道她们只是幻觉的梦/在那幽暗的荒原之中/给自己描绘的瞬息的影子/只是心灵的模糊的憧憬?

——普希金

即令我，这赢得美人儿心许的人/有神圣的金环保留住她的倩影/和秘密的音信，那长期痛苦的酬报；/然而，在寂寞的别后，如此令人苦恼/没有任何东西能愉悦我的眼睛；/没有任何东西，即令是恋人的馈赠——/我悒郁之情的慰藉，爱的神圣保证/也不能稍减这热狂无望的爱之伤痛。

——普希金

丽莎爱一爱就心惊/够了，这儿有没有骗人?/请小心吧——很可能/这新的狄安娜女神/藏起了温柔的热情/并且以羞怯的眼睛/正在你们之间搜寻：/谁会帮她失足、伤心。

——普希金

假如生活欺骗了你/不要忧郁，也不要愤慨！/不顺心时暂且克制自己/相信吧，快乐之日就会到来。

我们的心儿憧憬着未来/现今总是令人悲哀：/一切都是暂时的，转瞬即逝/而那逝去的将变为可爱。

——普希金

那是一团火焰似的心灵/里面充塞着狂暴的热情/北国的淑女啊，在你们中间/她有时冲破了藩篱而出现/完全无视社交界的条例/她冲出来，直到耗尽力气/好像是出了轨道的流星/在规矩的天界里掠过身影。

——普希金

你的自述和柔情的抱怨/我热爱其中的每句呼声；/你的话语多么饱和着/那不智而狂暴的热情/但别再叙述你的故事吧/把你的梦幻快快收起；/我怕它那烈焰的传染/我不敢去探悉你的经历！

——普希金

你悒郁的幻想要是把谁/固执地选中，他真够幸福：/你会整个为爱情而迷醉/只听他的眼神的摆布；/但是啊，也有人最可怜惜：/要是他默默地燃着情火/只能对你垂着头，嫉妒地/

倾听你的冷静的解说。

——普希金

我爱在树皮上面刻名字/也喜欢雕刻那些小石头/我爱在清新的花床播种/用水堇花种出她的名字/在每张白纸上我这样写着：/你是我的心，你是我的心/心和心永远不，永远不分离。

我想要训练一只百灵鸟/它讲起话来伶俐又清楚/用我柔和的口吻说话/表达我万分狂热的心情/它飞到她的窗前这样歌唱：/你是我的心，你是我的心/心和心永远不，永远不分离。

当清晨微风轻轻吹来/我喜欢穿过雨天的丛林/每一朵小花向我眨眼/啊她的芬芳四处飘散/那小河推动磨轮歌唱不息/你是我的心，你是我的心/心和心永远不，永远不分离。

我眼睛里面充满情意/我脸儿好像火焰在燃烧/我沉默的嘴儿就要讲话/每次呼吸都在表示爱情/她好像没有留意我的烦闷；/你是我的心，你是我的心/心和心永远不，永远不分离。

——缪 勒

我在林中愉快地散步/对强盗毫无惧怕；/全财产是一颗热爱的心/歹徒决不会要它。

丛林里什么在飒飒作响?/是凶手进行威胁?/我爱人跳出来将我抱紧/弄得我透不出气。

——乌兰德

她给我的这一切小花/应当伴我同眠在墓下/你们望着我，为何伤心?/好像知道了我的命运。

小花儿，为何苍白而凋零?/小花儿，怎会这样湿淋淋?/眼泪不能使大地回春/不能使爱情死了再苏生。

春天会来赶走了冬天/花儿会在草地上出现/花儿会躺在我的墓下/她给我的那一切小花。

如果她从小山旁走过/心里想道：他真心待我！/小花儿，就请全部出来/冬天过了，春天已到来。

——缪 勒

做丈夫他多情，做父亲他认真/深谋远虑，总是在努力不断/让两种情爱相济，彼此辉映/促进着天伦之爱，在各个方面。

可是能表达的一切归根到底/也只有一句话他善良，这一句/便概括了可能展示的一切美质/赞扬了德行，也谴责了愚昧。

他的种种美德可用一句话总结：/他在死亡中永生，尽管生命已消逝。

——莎士比亚

“名贵的花朵的根和毒草为邻/娇嫩的春色有狂风暴雨随侍/好鸟啁啾的地方有蝮蛇嗞鸣/美德懿行的产物为邪恶吞食/

我们已没有善能算属于自己/只有随带了不幸的某种机遇/或改变善的性质，或让它死去。

——莎士比亚

我的爱何以总提她青春貌美?/而我也偏不说我的韶龄已逝?/哦，最美的爱的习俗是舌尖安慰/迟暮的爱情不喜欢计算年纪。

为掩盖双方在爱情上的缺陷/我和我爱彼此都用谎言欺骗。

——莎士比亚

少女守望着情郎，在幽寂的时辰——/这幽寂来自爱情、黑夜和大海/三者已融合为一，注满她灵魂；/傍着那荒凉的沙滩、嶙峋的石块/海蒂和她那饱经风浪的情人/避开了纷扰，把欢会的秘窟安排/苍空里密布的繁星从来没见到/有谁像海蒂这样喜溢眉梢/……/海蒂是“自然”的侣伴，不懂得世情/海蒂是“热情”的儿女，她生长的地方/骄阳倾洒着三倍的热焰和光明/把明眸少女的亲吻也烤成火烫；/她生来就要爱，要属于她的意中人/除了这，什么话，什么事都不在心上；/除了这，她不爱、不怕、不指望、不关切/她的那颗心只守着这一处跳跃。

——拜　伦

我的爱发誓说她天真烂漫/明知她撒谎，我也相信了她/要让她以为我年少没有经验/不懂得应付人世的谎言欺诈。

像这样我妄冀她以为我年轻/虽明知我早过了最佳的年华/便对她说谎的嘴微笑着信任/以爱的内疚面对了爱的微瑕。

——莎士比亚

不必讲历史上伟大的名字；/青春的日子是辉煌的日子；/年纪二十二，桃金娘、常春藤/胜过那尊荣的桂冠千万顶!

脸上起了皱，华冠又算啥?/像五月的露水浇洒枯花！/从斑白的头顶把它甩掉！/花环只给点荣誉，何足道!

名声！——我对你若有兴趣/并不是爱听你响亮的吹嘘；/是为了要看她灼灼的目光——/她懂了：我并非配她不上!

就为了这个，我才找你；/你最美的光辉在她的跟底；/听我的事迹，她两眸炯炯：/这就是爱情! 这才是光荣!

——拜 伦

这颗心既不再激动别个/也不该为别个激动起来/但是，尽管没有人爱我/我还是要爱!

我的岁月似深秋的黄叶/爱情的香花甜果已凋残/只有蛀虫、病毒和灾孽/是我的财产!

不断煎熬我心胸的烈焰/犹如火山岛：孤寂，荒废；/从没有火炬在这儿点燃—/成了火葬堆!

希望，忧惧，嫉妒的烦恼/爱情的威力和痛苦里面/可贵的部分，我都得不到；/只得到锁链！

——拜 伦

当时光送来，或早或迟/让逝者安憩的无梦的睡眠/遗忘！愿你那疲弱的双翅/来我临终的床顶轻旋！

用不着亲友，用不着后嗣/来哭泣，或希冀，那时刻的到来；/用不着少女，披散着发丝/来表现，或表演，有礼貌的悲哀。

用不着殷勤备至的吊客/让我默默地沉入土地/不打搅别人片时的欢乐/也不让眼泪惊扰友谊。

爱情若能在这种时辰/断然中止无谓的悲泣/对死者和他活着的恋人/或许能展示最后的威力。

——拜 伦

你已经长逝——年轻，美艳/人世间谁能比拟！/绰约的倩影，绝代的芳颜/这样快回到土里！/大地的眠床已将你接纳/游人就在那上面践踏/嬉笑着，不以为意；/有一双眼睛却万难忍受/哪怕只一霎，瞥见那坟头！

——拜 伦

若能像从前那样悲恸/我热泪就会涌出；/想到我不在近

旁，未能/到你病榻前守护/怜惜地把你的脸庞细觑/拥抱你恹恹无力的身躯/托起你低俯的头颅/把心底的爱情向你表白——/这空幻的爱情而今安在！

最珍贵的遗物，你留下给我/听凭我随意拣选/但是，它们又能值几何/怎比对你的忆念！/你那永不泯灭的精神/通过威严、幽晦的“永恒”/终于回到我心间/你已葬的爱情胜过一切——/只除了爱情活着的年月。

——拜 伦

因为我深知，在悠悠往昔/你对他何等亲切温存；/今后他死去再无人悼惜/眷念过他的只有你一人；/我从你那儿蒙受的恩幸/决不是理应归我所有；/你宛如一场天国的绮梦/尘世的爱情不配去攀求。

——拜 伦

我给你的项链玲珑精致/我赠你的诗琴悦耳动听；/向你献礼的心儿也忠实/谁知碰上了倒霉的命星。

这两件礼品有神奇的法力/能占卜我走后你是否忠贞；/它们的责任尽到了——可惜/没能教会你尽你的责任。

项链挺结实，环环扣紧/但生人的抚弄它不能忍受；/琴声也甜美——但你莫相信/在别人手里它同样温柔。

他摘你项链，项链就断折/他弹这诗琴，琴哑口无言；/它们抗拒他，看来，他只得/换新的链扣，上新的琴弦。

既然你变了，它们也得变：/项链碎裂，琴韵无声/罢了！和它们，和你再见——/哑琴，脆链，欺诈的心灵！

——拜 伦

还是请不要欺骗自己/爱情只会慢慢地衰败/请不要相信，猝然一击/就能把两颗心彻底分开。

你的心仍然生机活跃/我的也活着——流着血跳动/这痛楚的思想永难磨灭：/你我今生再不会重逢。

——拜 伦

当她的小手将你紧抱/她的嘴唇和你的贴紧/请怀念他吧——他为你祷告/他曾受惠于你的爱情！

如果她的面貌和神气/有几分像你永诀的故人/你的心儿会温柔地颤栗——/它的搏动还那样真诚！

我的过错是你所熟知/我的癫狂却无人理会；/我的希望已黯然消逝/你走了，它随你远走高飞。

——拜 伦

当厄运临头，爱情远飏/憎恨的利箭万弩齐发/你是我独一无二的星光/高悬在夜空，永不坠下。

幸有你长明不晦的光焰/像天使明眸，将我守护/峙立在我和暗夜的中间/天涯咫尺，清辉永驻。

——拜　伦

我们将不再徘徊/在那迟迟的深夜/尽管心儿照样爱/月光也照样皎洁。

利剑把剑鞘磨穿/灵魂也磨损胸臆/心儿要稍停稍喘/爱情也需要歇息。

黑夜原是为了爱/白昼转眼就回还/但我们不再徘徊/沐着那月光一片。

——拜　伦

虽然你是人，却不欺哄我；/虽然是女人，你不曾遗弃；/虽然被我爱，从不刺痛我；/虽然被毁谤，你毫不游移；/虽然被信赖，不曾回绝我；/虽然分别了，并不想摆脱；/虽然很警觉，绝不污蔑我；/为防人曲解，也不甘缄默。

——拜　伦

趁我们还没分手的时光/还我的心来，雅典的女郎！/不必了，它既已离开我胸口/你把它留着吧，把别的也拿走！/我临行立下了誓言，请听：/我爱你呵，你是我生命！

凭着你那些松散的发辫——/爱琴海的清风将它们眷恋；/

凭着你眼皮——那乌黑的眼睫/亲吻你颊上嫣红的光泽；/凭着你小鹿般迷人的眼睛：/我爱你呵，你是我生命！

凭着我痴情渴慕的红唇；/凭着那丝带紧束的腰身；/凭着定情花——它们的暗喻；/胜过了人间的千言万语/凭着爱情的欢乐和酸辛：/我爱你呵，你是我生命！

——拜　伦

竟然攫去你娇艳的生命！/你岂应负载沉重的坟茔?/在你草茵覆盖的墓前/让玫瑰绽开最早的花瓣/野柏在幽暗中摇曳不定。

往后，傍着那溪流碧绿/“悲哀”会时时低垂着头颅/用幻梦哺育深沉的思绪/逡巡留伫，又缓步轻行/仿佛怕惊扰逝者的梦境。

也明知眼泪没什么用处/“死亡”对悲苦不闻不问；/那我们就该停止怨诉?/哀哭者就该强抑酸辛?/而你——你劝我忘却悲怀/你面容惨白，你泪痕宛在！

——拜　伦

我爱过——所爱的人们已离去；/有朋友——早年的友谊已终结；/孤苦的心灵怎能不忧郁/当原有的希望都黯然熄灭！

/纵然宴会上欢谑的伙伴们/把恶劣的情怀驱散了瞬息；/豪兴能振奋痴狂的灵魂/心儿呵，心儿却永远孤寂！

——拜　伦

在女人的第一次激情中，她爱的是爱人/在以后的激情中，她爱的只是爱情/这已成了习惯，她不能把它克服掉/它对她松适地合宜她，像只好戴的手套……

——拜　伦

要是我梦见你爱我，你休怪/休要迁怒于睡眠；/你的爱只在梦乡存在/醒来，我空余泪眼。

——拜　伦

当初我们俩分别/只有沉默和眼泪/心儿几乎要碎裂/得分隔多少年岁！/你的脸发白发冷/你的吻更是冰凉/确实呵，那个时辰/预兆了今日的悲伤！

清晨滴落的露珠/浸入我眉头，好冷——/对我今天的感触/仿佛是预先示警/你毁了所有的盟誓/你得了轻浮的名声/听别人说你的名字/连我也羞愧难禁。

——拜　伦

我走进了厨房/从袋中取出烟管……/我并不需要点火/烟

管还在冒烟。

烟管愉快地响着/我不需要燃点！/我进去，我看到了/姑娘正坐在那边。

姑娘点着了火/熊熊地烧着木片；/此火的海更亮的/却是她的雨眼！

她向我投射着眼光/她的娇媚使我迷恋！/燃烧了我的心/熄灭了我的烟管。

——裴多菲

一切都结束了——三角帆船舒展/她雪白的帆，在海风中抖颤/阵阵清爽的风吹过水波渺茫/高高地在张帆的桅杆上面作响/而我，我必须从这块土地上动身/因为我只能爱，只能爱一个人。

——拜 伦

在明亮的晚霞中/我静静走过树林/达蒙坐着吹牧管/山岩发出共鸣/索拉拉！

他拉我坐在身旁/给我温柔甜蜜的吻/我说：再吹吧！他又/吹起笛儿，我那好人/索拉拉！

如今我失去了安宁/快乐也无踪无影/在耳畔永远回荡着/那亲切美妙的笛音/索拉拉！勒拉拉！

——歌 德

众多书中最奇妙的书/是那爱情之书；/我曾专心致志将它阅读：/欢乐的篇页不多/却有整章整章的痛苦/离别自成一节；/重逢，唉，断简残牍！/一卷一卷的苦闷/再加上没完没了的/不知节制的长注/呵，——你终于/找到了解脱之路；/谁来解那解不开的结?/相爱者，当他们重新聚在一处。

——歌 德

一朵铃铛花/早早冲出大地/开放在原野上/鲜艳又美丽/飞来一只蜂儿/轻轻吮花蜜——/它俩生来就为/你爱我我爱你。

——歌 德

手拉着手，唇吻着唇！/亲爱的姑娘，你要忠诚！/再见了，他还要驶过/重重礁石，你心爱的人！/可在风暴后，当他/又一次向着港口致敬/让神们惩罚他吧，如果/他抛弃你，独享人生。

——歌 德

唉，谁能唤回那美好的日子/唤回那初恋的日子/唉，谁能唤回那甜蜜的时光/哪怕仅仅一个小时！

孤独地，我滋养着我的创伤/永远带着新的怨尤/痛苦地将失去的幸福追忆。

啊，谁能唤回那甜蜜的时光/唤回那美好的日子。

——歌 德

我想起你，每当太阳从大海上/辉煌照耀；/我想起你，每当月亮在泉水中/抖动彩笔。

我看到你，每当在大路的远方/扬起灰尘；/每当深夜，浪游者在山间小路/哆嗦颤栗。

我听见你，每当大海掀起狂涛/发出咆哮/在沉静的林苑中，我常去倾听/万籁俱寂。

我伴着你，即使你在天涯海角/犹如身边！/太阳西沉，星星很快将照耀我/呵，愿你也在这里。

——歌 德

我热烈爱着你/是你给我青春/是你给我欢乐/是你给我勇气。

——歌 德

唉，已经完全变了/你我之间的关系！/不，对于这个事实/我再也不会怀疑/唉，当你在我眼前/我感到不该爱你；/唉，当你离我去了/我感到深深爱你。

——歌 德

我们从何而生?/从爱情/我们因何失意?/没爱情/靠什么解除困厄?/靠爱情/怎样能获得爱情?/用爱情/什么不让人长久哭泣?/是爱情/你我怎能永远心连心?/凭爱情?

——歌 德

在清幽的山谷，在积雪的高原/你的倩影时刻不离我身旁；/我看见它随着青云飘浮/我感到它在我心中彷徨/我感到这儿有一颗心吸引/另一颗心，用无穷的爱的力量/我感到爱情想要逃避爱情/那真是白费力气，毫无希望。

——歌 德

心，我的心，你怎么啦?/是什么使你如此困窘?/何等陌生而崭新的生活！/我已经不再能将你辨认/你爱的一切已不复存在/你的烦恼也已消遁/你失去了勤奋和安宁——/唉，你怎么落到这般窘境。

是那含苞欲放的春花/是那美丽可爱的清姿/是那忠诚善良的顾盼/拴住了你，用无穷的魅力?/一当我想从她身边飞走/一当我想鼓起勇气逃离/我又立刻会回到她的身边/唉，腿不由心，身不由己。

那可爱而轻佻的少女/就用这根扯不断的魔线/将我紧紧系在她的身旁/尽管我十分地不情愿；/于是我只得按她的方式/生活在她的魔圈中间/一切都已面目全非啊！/爱情！爱情！快

放我回返！

——歌 德

别擦去，别擦去/那永恒的爱的泪水！/唉，只有在擦不干的泪眼中/世界才显得荒凉、死寂！/别擦去，别擦去/那不幸的爱的泪水！

——歌 德

倘若一位高贵的死者/例如牧师或是议员先生/由他的遗孀请人刻制铜像/并且在像下诌上小诗一段/那定是：瞧瞧这脑袋和耳朵/瞧他的长相多么精神/再瞧这额头，还有这双眼睛/可是你们从那鼻子上/却看不出他聪明的头脑/还有他为大众立下的功勋。

亲爱的绿蒂，这儿也写着：/我赠给你我的剪影/你能看见我长长的鼻子/高耸的脑门，乞求的嘴唇/一张肯定十分丑陋的脸——/可是你却看不见我的爱情。

——歌 德

留下吧，请留在我身边/温柔的陌生人，甜蜜的爱情；/温柔而甜蜜的爱情啊/请不要离开我的心灵！/啊，天空和大地如此/勃勃生机，焕然一新/啊，我第一次感受到——/感受到这美好的人生！

——歌　德

呵，姑娘，呵，姑娘/我是多么爱你/你深情望着我/你是多么爱我！

我热烈爱着你/犹如百灵眷爱/那歌唱和天空/那朝花和清风。

——歌　德

我是多么想念你啊/小天使！只有梦中/只有梦中你才和我亲近！/虽然那时我同样苦难深重/要为保护你与妖魔搏斗/醒来呼吸还困难得要命/我是多么思念你啊/多么渴望得到你啊/即使是在噩梦里呀也成!

——歌　德

你的炽热的注视/令我如沐朝晖/春天啊，亲爱的！/带着千般爱的欢愉/你那永恒的温暖的/神圣情感涌上/我的心头/无限美丽的！

我真想张开双臂/将你拥抱！

——歌　德

我是否爱你，我不知道/一当我瞅见你的脸/一当我望见你的眼/我的心便没有任何烦恼/上帝知道我是多么幸福！/我是否爱你，我不知道。

——歌 德

她看见自己在玫瑰丛中/也像玫瑰一般鲜艳、年轻/只要看一眼我就满足了/亲爱的人儿，我的生命！

——歌 德

呵，爱情，呵，爱情/你明艳如朝霞！/呵，爱情，呵，爱情/你璀璨如黄金！

——歌 德

最好最好的妻子/我心爱的小人儿！/来，到我的怀抱里/让我们随意游戏。

当你还是姑娘，我爱你/现在，我是百倍地爱你/不止百倍，是千倍地爱你/只要你不至于为此生气。

未婚的人不懂得/真正的爱情是什么；/可怜的孩子怎么会懂?/他还正在学习之中。

未婚的人的爱情/只像帽花那样轻盈；/但是爱情的对于我/简直像是呼吸和脉搏。

我们过着多幸福的生涯/是吗，我的灵魂，尤丽士卡?/我们无须等候到死亡/我们要活着飞上天堂！

一下子给我二十个吻吧/而且要最甜蜜的吻！/还得添一点儿/我的爱人！/已经这么多了/可是还不成。

只有五颜六色的花才是花/只有褐发的女人才是女人/小小的、长着褐发的/我的爱人！/都在燃烧了：/你的心、眼、嘴唇！

拥抱我，拥抱我，我的天使！/你拥抱了我，我就在想：/我要在这/活着的时光/就飞了去/一直飞向天堂。

——裴多菲

在小山边，有一丛玫瑰/靠在我的肩头吧，我的宝贝/轻轻地对我说：你爱我/啊，那我就多么地快乐!

太阳的影子落在多瑙河中/河水快乐得不息地颤动/它把那太阳轻轻地摇摆/正如我摇摆着你，我的爱！

坏人们说着我的坏话/说我对上帝一点也不怕! /但是，我现在就在祷告……/我在倾听着你的心跳。

——裴多菲

我的爱情并不是一只夜莺/在黎明的招呼中苏醒/在因太阳的吻而繁华的地上/它唱出了美妙的歌声。

我的爱情并不是可爱的园地/有白鹄在安静的湖上浮游/向着那映在水中的月光/它的雪白的颈子尽在点头。

我的爱情并不是安乐的家/像是一个花园，弥漫着和平/里面是幸福，母亲似地住着/生下了仙女：美丽的欢欣。

我的爱情却是荒凉的森林；/其中是嫉妒，像强盗一样/它的手里拿着剑：是绝望/每一刺又都是残酷的死亡。

——裴多菲

“你是谁呀?”她向我发问/当我们坐下在岩石的顶上/“我一向在忧郁地呻吟，现在/这一吻使我死在你胸前/姑娘，你再吻我，使我复活……/啊，看哪，我已经复活了！/因为你的吻，以前的呻吟/变成了欢笑，幸福的欢笑。”

她就吻我，并不要我恳求好久/嘴碰着嘴了，随着我的恳求；/这嘴！这吻！……永远不息地接吻/使我们不至于变成石头！/吻哪，吻哪！这比蜜更甜/这比母亲的乳汁更美；/我从那时起才生活着，在接吻中/我感觉到，灵魂在骨内飞回。

“看一看周围，”在接吻后她说/“这是真的吗?一切都改变了！/我不知道：怎么，为什么/高天和大地都改变了面貌。

这时候，树阴是更新鲜了/天更青了，太阳更辉煌/凰更芬芳，玫瑰更红艳……/啊，我像是到了别的世界上!”

——裴多菲

我愿意是急流/山里的小河/在崎岖的路上/岩石上经过……/只要我的爱人/是一条小鱼/在我的浪花中/快乐地游来游去。

我愿意是荒林/在河流的两岸/对一阵阵的狂风/勇敢地作战……/只要我的爱人/是一只小鸟/在我的稠密的/树枝间做巢，鸣叫。

我愿意是废墟/在峻峭的山岩上/这静默的毁灭/并不使我懊丧……/只要我的爱人/是青青的常春藤/沿着我荒凉的额/亲密地攀援上升。

——裴多菲

小树颤抖着/当小鸟在上面飞/我的心颤抖着/当我想到了你/我想到了你/娇小的姑娘——/你是最大的金刚石/在全世界上!

多瑙河涨水了/也许就要奔腾/我的心也一样/抑制不了热情/你爱我吗，我的玫瑰？/我真正爱你/你爸爸妈妈的爱/也不能和我的相比。

我知道你爱过我/当我们在一起/那时是火热的夏天/现在是冰冷的冬季/即使你已不爱我/愿上帝祝福你/但如果你还爱我/愿他一千倍祝福你!

——裴多菲

云正低低地压下/秋天的雨在树上飘洒/树叶也落下来了/夜莺却还在歌唱着。

时候是已经不早/我的爱，你可曾睡着?/你可曾听见夜莺/夜莺的痛苦的歌声?

急雨不断地下降/夜莺却还在歌唱/谁听到它的痛苦的歌声/谁也就会对它同情。

姑娘哪，如果你还醒着/这小鸟的歌声，你且听着；/这小鸟正是我的爱情/是我的叹息着的灵魂!

——裴多菲

假如遇到了微笑的姑娘/我就把一切的忧愁放进荒坟/我沉没在澄澈的眼波中了/像星星映在明镜一样的湖心/我的歌啊，它在这时辰/像是玫瑰，那恋爱的心。

她爱我了?我快乐地喝着/假如不爱?我也悲哀地喝了/这里是杯子，杯子里是美酒/我的心头就充满了欢笑/我的歌啊，它在这时辰/像是彩虹，那沉醉的心。

——裴多菲

嘿，牧羊人，穷苦的牧羊人！/看，你看这满袋的黄金；/我就用这买下你的穷苦/不过还得添上你的爱人。

“就算这数目只是定钱/你还要加上一百倍黄金/你还要再给我整个世界/我也决不放弃我的爱人!”

——裴多菲

花朵在凋谢，生命也在奔驰……/坐在我膝前吧，我亲爱的爱人! /现在，把你的头靠着我的胸膛/明天，你也许只能靠着我的新坟/说吧：假如我死了，在你之前/你是不是会为了我而伤心?/难道会有别的青年人的爱情/竟能使你一下丢开了我的姓?

——裴多菲

自由，爱情! /我要的就是这两样/为了爱情/我牺牲我的生命；/为了自由/我又将爱情牺牲。

——裴多菲

你爱的是春天/我爱的是秋季/秋季正和我相似/春天却像是你。

你的红红的脸：/是春天的玫瑰/我的疲倦的眼光：/秋天太阳的光辉。

假如我向前一步/再跨一步向前/那时，我就站到了/冬日的寒冷的门边/可是，我假如退后一步/你又跳一步向前/哪，我们就一同住在/美丽的，热烈的夏天。

——裴多菲

我的爱情是咆哮的海/它的巨大的波浪/这时已经不再打击着大地和天空；/它只静静地睡眠/正如小小的孩子/在久久的啼哭后，安息於摇篮之中。

在明镜似的水波上/我划着那温柔的/幻想的船，向着开花的山谷前行；/从未来那船坞里/嘹亮的歌迎着我……/你歌唱着，希望，你这可爱的夜莺!

——裴多菲

我的心厌恶爱情的折磨，厌恶/软绵绵的怨诉，甜滋滋的痛苦；/我只瞧得起强有力的表现/只爱火热的目光，粗暴的亲吻/能接受夹着难堪的欢乐洗礼/作一只可怜的狗又怕什么！/别再难为这青春的心胸啊/姑娘，要给它所有的欢乐！

——歌　德

爱情呀爱情/爱情是个黑暗的陷阱；/我掉下去了，在里面/我不能看，也不能听。

——裴多菲

生，为了爱情和美酒；/死，为了祖国而牺牲：/谁有这样的命运/谁就是个幸福的人。

——裴多菲

我愿意是树，如果你是树上的花；/我愿意是花，如果你是露水；/我愿意是露水，如果你是阳光……/这样我们就能够结合在一起。

而且，姑娘，如果你是天空/我愿意变成天上的星星；/然而，姑娘，如果你是地狱/(为了在一起) 我愿意永堕地狱之中。

——裴多菲

“我爱你，”她大声说，我第七次/想堵住她的嘴，“我决不骗你!”/当然。我乐于相信她，她既然这样说了/也会相信自己。人们在春天把它写在冰上。

——米克尔

又被它从睡梦中惊醒，深夜里的琵琶！/是谁的悲思/是谁的手指/像一阵凄风，像一阵惨雨，像一阵落花/在这夜深深时/在这睡昏昏时/挑动着紧促的弦索，乱弹着宫商角徵/和着这深夜，荒街/柳梢头有残月挂/啊，半轮的残月，像是破碎的希望他，他/头戴一顶开花帽/身上带着铁链条/在光阴的道上疯了似的跳，疯了似的笑/完了，他说，吹糊你的灯/她在坟墓的那一边等/等你去亲吻，等你去亲吻，等你去亲吻?

——徐志摩

在春风不再回来的那一年/在枯枝不再青条的那一天/那时间天空再没有光照/只黑蒙蒙的妖氛弥漫着/太阳，月亮，星光死去了的空间；

在一切标准推翻的那一天/在一切价值重估的那时间：/暴露在最后审判的威灵中/一切的虚伪与虚荣与虚空：/赤裸裸的灵魂们匍匐在主的眼前——

我爱，那时间你我再不必张皇/更不须声诉，辩冤，再不必隐藏——/你我的心，像一朵雪白的并蒂莲/在爱的青梗上秀梃，欢欣，鲜妍——/在主的跟前，爱是唯一的荣光。

——徐志摩

请听我悲哽的声音，祈求于我爱的神：/人间哪一个的身上，不带些儿创与伤！/哪有高洁的灵魂，不经地狱，便登天堂：/我是肉搏过刀山，炮烙，闯度了奈何桥/方有今日这颗赤裸裸的心，自由高傲！

这颗赤裸裸的心，请收了罢，我的爱神！/因为除了你更无人，给他温慰与生命/否则，你就将他磨成齑粉，散人西天云/但他精诚的颜色，却永远点染你春朝的/新思，秋夜的梦境；怜悯罢，我的爱神!

——徐志摩

这石是一堆粗丑的顽石/这百合是一丛明媚的秀色；/但当月光将花影描上石隙/这粗丑的顽石也化生了媚迹。

我是一团臃肿的凡庸/她的是人间无比的仙容；/但当恋爱将她偎入我的怀中/就我也变成了天神似的英雄!

——徐志摩

我极端喜爱的如此亲切和温柔的小姑娘：我今天收到你的信，觉得很快乐。此地没有什么新鲜事，只是我很爱你，我的魂已经随着它飞去了……

——比埃尔·居里

……我想着你，亲爱的人，你充实了我的生活，我深愿我能有新的能力。我似乎觉得，若是我把精神完全集中在你身上，像我方才那样，我应该能看见你，能知道你在做什么，并且也能使你觉得我此刻完全是你的——但是我还不能得到清晰的图景。

——比埃尔·居里

亲爱的丈夫，天气很好，太阳很光明，气候热了。你不在这里使我很愁闷，快来罢，我从早到晚等着你，可是总看不见你来。我很好，尽力工作着，但是我没有料到普安加瑞的书这样难，我必须和你谈这本书，并且和你一起把我不甚了解的地方再看一遍。

——玛丽·斯可罗多夫斯卡（居里夫人）

我又给你写信了，因为我孤独，因为我感到难过，我经常在心里和你交谈，但你根本不知道，既听不到也不能回答我。你的照片纵然照得不高明，但对我却极有用，现在我才懂得，为什么“阴郁的圣母”，最丑陋的圣母像，能有狂热的崇拜者，甚至比一些优美的像有更多的崇拜者。

——卡尔·马克思

你会微笑，我的亲爱的，你会问，为什么我突然这样滔滔不绝?不过，我如能把你那温柔而纯洁的心紧贴在自己心上，我就会默默无言，不作一声。我不能以唇吻你，只得求助于文字，以文字来传达亲吻……

——卡尔·马克思

你真是我亲爱的、甜蜜的、唯一的、心肝和情人！你的来信使我多么幸福，多么兴奋，充满了无声的欢乐！——你想一想，小心肝，当特克拉拿着你的折叠的小信走到我身边，在我耳际响起那仅仅梦想似的和预料到的，带着圆润、温暖和甜蜜的语调的早晨的问候声时，我还躺在床上沉浸于梦境和沉思之中呢。我是多么高兴，多么感激，多么充满着爱呀！

——燕 妮

我9点起床，喝咖啡、吃烤面包，果酱。步行到医院（沿修布鲁克街走25分钟），做临床工作（手术等等）至7点。在医院吃午饭。2点至3点研究。随后回家睡到6点。起来做晚饭。然后看一晚书，到十一二点又上床。偶尔看一次电影或曲棍球比赛。……

我的健康良好。今天照了一张X光相片，没有任何病症或空洞；除了已经结疤的痕迹以外没有别的。

我常想，我希望有一天早晨在街角上等你，你走过来乘车的时候吓你一跳。我只说，“嗨，一块去散散步吧。”

——白求恩

我请求你照看好儿子。这个请求，是我不单作为一个父亲，而且作为一个人提出来的，我现在正写一部小说《母亲》，女主角就是一位工人革命家的母亲，她就是扎洛莫夫的母亲。她在书中说道：“在世界上，孩子们在前进，他们迎着新的太阳，朝着新的生活前进……我们的孩子注定要为世间众生受苦受难，他们正在世上奔走，因此，不要离开他们，不要无谓地去洒自己的鲜血！”

——高尔基

这是一个，阿黛尔啊，我们似乎直到如今害怕说出来的字，这一个字便是“爱”字，但我对你所感到的确是真真的爱，这在于知道你对我所觉到的是否也是“爱”。这封信在我整个的生命所系着的问题中将解明这个疑团。

——雨 果

可是非物质的爱是永久的，因为感受对它的人是不死的。是灵魂在相爱而非肉体。

——雨 果

在人世上，我再没有见过比您更完美的人……在生活道路上与您邂逅相逢，这是我毕生最大的幸事。我的忠忱和感念之情无穷无尽，只能随我的死亡一道消逝。

——屠格涅夫

亲爱的玛丽，我不是那样富有，以致我不能像我所希望的那样爱您，我也不是那么贫穷，以至于我能像您所希望的那样被您所爱。既然这样，就让我们忘记两件东西；您，忘记那个可能被您一视同仁的加以对待的那个名字，我，忘记那个将来再也到不了手的幸福。没有必要跟您解释，我有多么痛苦，因为您自己知道，我是多么爱您。所以，别了。您太高贵了，不会了解那促使我给您写这封信的原因；您又太聪明了，不会对我有所央求。一千次保持那美好的回忆。

——小仲马

我再三披诵芳函，那夏天的景物情绪又复拥现于我的心前。我亲见，我重新感觉以前的经验。

在与你初逢时，可爱的女王啊，你正是凉夏的丽人。正是蝴蝶飞舞野花争妍时节的魂影。

——易卜生

亲爱的女戏子，我问你好！你是以为我许久没有写信给你而发怒吗?我是常常写的，你之没有接到我的信的原故，是因为邮局把我们的交情妨碍了。

——契诃夫

亲爱的莉薇，我今天给你的信已经寄出了，但是我随便什么时候都可以给这位全世界最亲爱的姑娘写信，我有了这个特权，心里非常得意，因此我不得不再写几句，即使只说一声‘我爱你’也行，莉薇。因为我确实是爱你，莉薇——就像露水爱花、鸟儿爱阳光一样，就像母亲爱初生的孩子，人们爱看长期怀念的老朋友的面孔一样，就像深情的潮水爱月亮、天使爱心地纯洁的好人一样。我是热爱你的，倘使有人把你从我手中夺去的话，那就仿佛是我全部的爱情都将追随着你而去，永远永远使我的心灵成为一片死气沉沉的空荡荡的废墟一般……

——马克·吐温

我的慈爱的女士，你知道，你已经让我彻底地惊呆了，你那接二连三的旁征博引的信让我无法应付，诸如乔治·桑、弗罗伯特、巴尔扎克、孟德斯鸠、犹太人巴朗、希伯，柏林的骗子教授和穆斯等人，我还没有对他们全部熟悉呢！

——莫泊桑

啊哈，美丽的假面具！现在我认识了你，你是路德维希中学低年级的级长，我相信我已经猜中了几分，因为你的纸总是带着鼻烟气味。现在我不再殷勤献媚（也许我曾这样做过?），而要把你当做一个学院派人物看待，权当做一个仇敌看待。

——莫泊桑

不，不，亲爱的爱人，我并不以我们的爱情是一件无力的小事。我情愿为你生或为你死这事实，足以证明我觉得我们的爱情比生或死更重要。你应当是我眼中所有女人中唯一的女人，我对你的饥饿大于我从来对食物的饥饿，我对你的要求甚于我从来对名誉和财富的要求——一切的一切都足以表明我们的爱情是多么伟大。

——杰克·伦敦

神呀！如果我也像他那样地与你交往时，你愿意相信吗?我是在创造更伟大的东西呀！音乐家也是诗人。音乐家能用双眼看透那美丽的世界，使它附在自己的身边。在那小天文台的地方，当美丽的5月雨的日子与你接近，这是何等不可思议的事情呀！对我，那正是绿叶最茂盛的时分。那时，美丽的主题从你的眼睛射入我的心。这是当贝多芬不再拿指挥棒时，还是能够魅惑世界的呀！

——贝多芬

如果命运不把你送到我身边，那我可能变得怎么样呢，这我真不敢去想。一切都是你给我的，生命，追寻自由的机会，和即使在梦中也不曾有过的丰富的好运气。

——柴科夫斯基

我带着感谢和爱，念了你的信，除了用音乐之外，什么也不能表现这种强烈的感情，让我将来什么时候用音乐来表现一下吧!

——柴科夫斯基

爱弟！我们明天或后天见面，我脑筋里的你：不知道是一阵无影无形的清风?是一片将未灭的烟影?是电灯下的宝石一样，闪闪不可思议的宝光，丝丝射注我身上?还是彼此俱无，而会所是一块虚幻的真空?

——白 薇

映霞，你叮嘱我的话，我句句都遵守着，我以后要节戒烟酒，要奋〔发〕愤做我的事业了，这一层请你放心。

今天天气实在好得很，但稍觉凉了一点，所以我在流清水鼻涕，人家都以为我在暗泣。映霞，我若果真在这里暗泣，那么你总也该知道，这眼泪是为谁流的。

——郁达夫

我渴，我要喝翡翠叶上的露珠；我空虚，我要拥抱温软的玉躯；我眼睛发暗，我要看明媚的心光；我耳朵发聋，我要听神秘的幽弦，啊！我需要一切一切都对我冷淡，可怜我，这几天的心徬徨于忧伤。

——黄庐隐

主人呵，莫说我们不如蔷薇花的芬芳，明天朝阳未升露珠已降时，我们将报给你以世间最娇美的微笑。

——绿 猗

我们携着走进林子，溪水漾着笑涡，似乎欢迎我们的双影。这道溪流，本来温柔得像少女般可爱，但不知何时流入深林，她的身体便被囚禁在重叠的浓翠中间。

——绿 猗

日月如梭，昼夜腾奔/即刻送来了我最亲爱的人/忧愁痛苦的时期已不复存/只有明亮的灯，映着我们的心。

啊，不要让我去见死神/最亲爱的他马上就要降临！/金碧辉煌的美服罩着他的身/就像天上的使者来与凡人成亲。

——梅里奥

我将离开这里，心中是多么舒畅/寻找爱情，啊，甜蜜的爱温暖着我的心房！/少年时期多少旧梦，都在想着这一时光/等待多时，今天才实现了心中的希望！

——梅里奥

我已收到你的玉照，澳大利亚皇后还得小心的要我奉还她。从你的玉照上，我看到了一个美丽的灵魂的形像，所有认识你的人都觉得如此可爱。并且证实所有我对你的希望。夫人，你会爱这个伴侣的，他愿先以一切为你的幸福努力，只有在你的信任和你的心中爱情上，这些诺言才会被征实，现在，我想你已经距离法兰西更近了，我在十分渴望地等候你。

——拿破仑

没有一个譬喻/没有一句凑当的成语；/即使伟大的诗人呵/也体会不到一个在思念着爱人的心情。

——丁 玲

人不应随意拒绝去做能带来比任何想像出来的乐趣更有趣的事。

爱像发高烧，它的来去均不受意志制约。在为怜悯而爱和为爱而爱之间有许多重大差别。在爱人的优良品质面前，一个人应像遇到天赐良机一样感到庆幸。

——斯汤达

不论发生什么事情，这总是真的：/在痛楚最深之时我仍感到了它/虽然失去了，毕竟曾经爱过/比从未爱过要好上许多。

——丁尼生

只爱一个姑娘，去依恋她吧/用高尚的行动不懈地去崇拜她吧/直到赢得了她的心。因为确如我所知/天下没有比钟情于少年的姑娘/更敏锐的大师/她不仅让男人保住禀赋/还教会他高尚的思想，友善的言辞/对荣誉的渴望，优雅的举止/对真理的爱戴和造就男子汉的一切气质。

——丁尼生

虽然你爱她犹如爱自己/像一片纯净的土地/虽然她冲破了白昼的阻霾/从一切生物那儿偷走了恩惠/还是应当由衷地相信/半神过去了/真神已降临。

——爱默生

在整个人类的发展进程中，如同在个人的发展进程中一样，唯有爱才是促进文明的因素。因为它使人从利己主义走向利他主义。这不仅是指以遵守所有不损害妇女心爱之物的义务而表现出来的对妇女的性爱，而且还指在共同的工作中建立起来的对其他男人的非性欲的、崇高的同性爱。

——弗洛伊德

只有极少数人能够……在爱的道路上找到幸福。但是，深远的、性爱作用在心智上的转变在这之前是必不可少的。这些人通过将主要价值从被爱的事实转移到去爱的行动中，以使自己不为对像所了解。他们不把爱维系于一人之身，而将爱给予所有人，以此防止失去爱情。他们通过把爱的性目标转移出去，通过在有限目标内将直觉修正成冲动来避免以生殖为目的的爱的不确定和失望。他们用这个过程将自己引入不变的、不偏不倚的、温和的状态，与暴风雨式的大起大落的性爱几乎没有相似之处 (虽然它仍来自性爱)。

——弗洛伊德

当爱情关系达到最高点时，不会为周围世界留下任何利益空间，对一对恋人来说，有他们自己就足够了，甚至不需要通常认为能使他们幸福的孩子。在其他任何情况下，爱都不会如此公然地违背他的行为核心，他的百里选一的目标。

——弗洛伊德

我所恨的是被迫交出自己的少女，干巴巴地躺在床上，心不在焉。尽义务当然不错，但切记不要把义务与欢乐相混淆。我可不要只向我尽义务的姑娘。我喜欢倾听尽情吐露的话语，“悠着点儿”，“等一等”。我爱看双眼流露出激动神色的姑娘，她在得到之后，暂时不再多要。年轻人，你可知道什么是快乐?有些事不能操之过急。三十多岁的恋人们才开始懂得这个道理。狂饮未酿好的葡萄酒不会让人陶醉，我将从闪烁着收获季节光泽的酒坛中慢慢饮取。只有成材的树才经得起日晒，光脚踩在刚播种的草坪上绝不会感到惬意。要是可以得到海伦，谁要赫尔弥俄涅?去找一个成熟的妇人，不要追逐黄花少女。爱情是后天学成的艺术，如果你有诚心、有耐心，就去干吧!

像个男子汉一样，你一定会得到丰厚的报酬。

——奥维德

治疗性欲有两种方法；第一，从根本上压抑性欲，从婚姻生活中既定的格局内可以找到这一药方。第二，从行为上医治，方法有二：一是避免引起外在耻辱的性行为，由婚姻的力量来修正体内的性欲；二是阻止可耻行为的发生，这要由行为的本质决定如何行事，因为性欲只有在夫妻生活中得到满足时才不致导致邪恶。

——阿奎那

肉体的爱或性欲乃起于爱好身体的外形，一般地讲来，凡任何不基于心灵的自由，而承认一个别的外在原因的爱，都容易转变成恨。此外还有一种发狂〔的爱〕，但这却更坏，因为这种的爱只能引起争斗，不能增进协调。

——斯宾诺莎

已婚人的时间归他们自己支配，既不应当匆忙行事，也不应当在未准备好时便跃跃欲试。一开始时，尤其不要滥用婚床。因为这时充满了激动和狂热，要等一个更隐秘、心情不那么紧张的机会，总比由于不知所措而陷入永久的痛苦、或因第一次被拒绝而垂头丧气要好得多。在占有对方之前，要在不同时间用各种妙语去徐缓地表明自己，不骄横、不固执，使对方完全相信自己。知道自己的肢体自然会听话的人，只须在抵销幻想的把戏时注意一下它的行动就成了。

注意到这一肢体无法无天自由性的人们不无道理，当我们不用它时，它如此迫切地冲动，当我们需要它时，又如此讨厌地不中用，而且还与我们的意志如此顽强地争雄，以如此傲慢和顽固的态度拒绝我们不论是来自大脑、还是来自身体的要求。

——蒙 田

的确，这也是个值得考虑的事实，作为医治我们孜孜以求的个人情欲，平息我们爱情的药方，只需好好看看我们所爱为何物……虽然从冷静、平和的气质会找到这个药方，它仍是我们缺点的奇妙标志：了解，熟悉使我们彼此生厌。我们的夫人们在她们为抛头露面而梳妆打扮停当之前，如此小心地拒绝我们进入她们的小客厅，并非完全出于做作的羞怯与谨慎。

——蒙 田

这一关系需要相互交流。我们感受到的别种快乐也许还可以用不同质的欢乐来补偿，但是，这种欢乐只能用同质的欢乐做回报。实际上，在这种欢乐之中，在想像中我给与的欢乐比感受到的更甜蜜。没有一个天性高贵的人能在一无所与时便得到欢乐。愿占有每一件东西、尽力想与把他视为负担的人保持关系的人灵魂鄙琐。没有比一个高贵的人愿为此付出的同等代价更美好、更优雅、更亲密的了。如果他们只是出于怜悯而善待我，我毋宁死，也不愿靠施舍维生。

——蒙　田

文明的进步无疑能够缓解人类天性中狂烈的热情，但是，对贞洁的美德却并非如此。贞洁的天敌是心灵的软弱。生活方式的进步既使两性间的交际日趋优雅，又使这一关系日趋腐化。水平提高后的强烈的肉欲，毋宁说将在感情的伪装之下，变得更加危险。服装华美、行为典雅、仪态万方，使美色更加光彩夺目，并通过想像更使感官冲动。奢华的娱乐，夜半的舞会，放荡的演出，为女性的脆弱提供了诱惑和机会。

——吉　本

君士坦丁的反强奸法绝对不宽容人性中最无恶意的弱点。因为适用于这一罪名的，不仅包括强迫性的暴力强奸，甚至包括用温情诱惑25岁以下的未婚女子离开父母家庭的行为。

——吉　本

玫瑰啊，你病了/那看不见的飞虫/出现在黑夜里/在怒号的暴风雨中；/他找到了你的床/陶醉于红色的欢欣；/他黑暗而隐秘的爱/断送了你的生命。

——布莱克

据我们所知，在绝大多数动物中……对美的欣赏只限于异性的魅力。

——达尔文

被狂怒的公牛顶走了的男人/永远也见不到可爱的妇人/杀死苍蝇的任性男孩/会感受到蜘蛛的仇恨/折磨金龟子的小捣蛋/在无尽的黑夜中穿过阴影/树叶上的毛虫/对你反复诉说你母亲的悲哀/别杀死蛾子、蝴蝶/因为最后审判即将到来。

——布莱克

心灵对神的理智的爱，就是神借以爱它自身的爱，这并不是就神是无限的而言，而是就神之体现在永恒的形式下看来的人的心灵的本质之中而言，这就是说心灵对神的理智的爱乃是神藉以爱它自身的无限的爱的一部分……

这种心灵的爱乃是神自己观察自己的主动的行为，就神之显现于人的心灵而言，这种主动的行为是伴随神的观念而来的……

——斯宾诺莎

正在尽力告诉人们，我们正竭尽全力实践着包括爱一切人在内的基本美德。

——孟德斯鸠

啊，青春的男女们，爱情随着你们的年龄增长，愿你们背转尘世的空幻，回头是岸，把真心眼翘望上帝，他照他自己的形态造了你们，要知道人世无非是一座浮华的市场，像鲜花在顷刻间就要萎谢一般。神为了真爱来拯救我们的灵魂，先死在十字架上，再升登天位，我们应该爱他，他不会令人失望，只要你能全身心地倾心于他。他最是和善可亲，我们何用追逐那虚伪的俗情？

——乔　叟

但你要明白，现在有两个女人：一个始终坚持她的权利，也就是坚持要你的爱情，这你却不能给她；另一个女人为你牺牲了一切，对你却毫无所求。你该怎么办呢？怎么办才好呢？这是一大悲剧。

如果你想知道我对这种事情的看法，那我可以告诉你，我不相信这里有什么悲剧。理由是这样的：我认为恋爱……就是柏拉图在《酒宴》中所说的两种恋爱，这两种不同的恋爱就是对人们的试金石。有些人只懂得这种恋爱，有些人只懂得另一种。对那些只懂得非柏拉图式恋爱的人，根本谈不上什么悲剧不悲剧。那种恋爱是不会有什么悲剧的。“多谢您使我得到了满足，再见！”——这就是全部悲剧。至于柏拉图式的恋爱是不会有什么悲剧的，因为这种恋爱始终是纯洁无瑕的……

——托尔斯泰

肉体的幸福，也就是所有的快乐，都是从他人之处夺取才能获得。相反地，灵魂的幸福，也就是充满爱的幸福，是我们在增加他人的幸福之时，才能获得的。

——托尔斯泰

过去任何人对我说，我会有这样的爱情，我是不会相信的，……这完全不是过去我所熟识的那同一感情。全世界在我眼中这时分为两半：一半是她，那里一切都是欢喜，希望，光明；另一半是没有她的一切，那里一切是苦闷和黑暗……

——托尔斯泰

假使有千万个人，就有千万条心，自然有千万副心肠，就有千万种恋爱。

——托尔斯泰

造物主给你美貌，也给你美好的德性；没有德性的美貌，是转瞬即逝的；可是因为在你的美貌之中，有一颗美好的灵魂，所以你的美貌是永存的。

——莎士比亚

爱情也像海一样深沉，我给你的越多，我自己就越丰富，因为两者都是没有穷尽的。

——莎士比亚

要是爱情虐待了你，你也可以虐待爱情，它刺痛了你，你也可以刺痛它，这样，你就可以战胜爱情。

——莎士比亚

爱情不过是一种疯狂；我对你说，有了爱情的人，是应该像对待一个疯子一样，把他关在黑屋子里用鞭子抽一顿的。那么他们为什么不用这种处罚的方法来医治爱情呢？因为那种疯病是极其平常的，就是拿鞭子的人也在恋爱哩。

——莎士比亚

爱情是叹息吹起的一阵烟；恋人的眼中有它净化了的火星；恋人的眼泪是激起的波涛。它又是智慧的疯狂，哽喉的苦味，沁舌的蜜糖。

——莎士比亚

正像火和火药的亲吻，就在最得意的一刹那烟消云散。最甜的蜜糖可以使味觉麻木；不太热烈的爱情才会维持久远，太快和太慢，结果都不会圆满。

——莎士比亚

爱情不仅不能买卖，而且金钱是必然会枪杀爱情的。

——卢　梭

追得太凶，爱情就跑得快，甚至把对方仅剩的一点好感也赶得无影无踪。

——卢　梭

一个美丽的姑娘只能悦目，带来的只能是一时的欢乐；一个高尚的姑娘可以赏心，带给你一辈子幸福。

——卢　梭

当你真正感到对方的话是肺腑之言的时候，自己的心灵也一定会敞开来接受一个陌生心灵的真情流露；一个教育家的全部箴言也赶不上你所爱恋的一个聪明女人的情意缠绵的话语。

——卢　梭

无华的感情

我热望的时刻来到了，多年的工作已告竣/为什么有一种不可解的沉郁悄悄袭进我的心?/可是因为我功业告成，便像个无用的短工/取得报酬后呆立着，对别的活计都很陌生?/或者因为我恋恋不舍这深夜的沉默的心腹/这金色的黎明的伴侣，神圣的家神的守护?

——普希金

我辗转不眠，又没有灯火/一片漆黑和死寂包围着我/在我附近，只有嘀嗒的钟声/伴着那令人厌倦的梦/这命运的老妇似的低语/这沉睡的深宵的颤栗/这生活，像灰鼠似的奔跑……/为什么你要来把我烦扰?/倦人的低语啊，你说着什么?/你可是在抱怨，还是谴责/我让日子白白地溜走！/你可是对我有什么要求?/你是在预言?还是呼唤我?/我愿意知道你的涵义/这一夜，我正上下而求索……

——普希金

够了，够了，我亲爱的！心要求平静；/一天跟着一天飞逝，而每一点钟/带走了一滴生命，我们两人盘算的/是生活，可是看哪——一转眼，命已归西/世上没有幸福，但却有意志和宁静/多么久了，我梦寐思求着这种宿命/唉，多么久了，我，一个疲倦的奴隶/一直想逃往工作与纯洁喜悦的幽居。

——普希金

我的姐姐的花园/是一个寂寞的园地/她没有从那山间/引一道清澈的小溪/而我园中的果子/圆熟的，闪着金光/一条洁净的泉水/奔流着，灵活地喧响/甘松、芦荟和肉桂/都充满了馥郁芬芳/只要西风微微吹起/它们就会滴下香气。

——普希金

可爱的星啊，你高高地照临黑魆魆的大地/在那银辉四射的朵朵轻云中飞驰；/夜的面纱给微波不兴的湖面挡住阳光/你缀于她朦胧面纱上的那璀璨的钻石/照亮了神圣的爱的时刻；你的光芒多么可爱/胜过转瞬即逝的晨星的惨白光辉——/可爱的星呵！当疲惫的大自然沉沉入睡/万籁俱寂——除了那爱情的声息/它还发出断断续续的喃喃低语/随着温柔的法佛尼阿，芬芳的气息飘荡/向寂静的耳畔轻轻叹息；星星啊/难道你就不能用你柔和而怜悯的眼光/催那些逐利的奴才安息?啊，我愿守望着你/让我在你可爱的光芒下整个儿沉醉。

——雪　莱

感觉迟钝了，衰退了，早岁的情思已黯然失色/人世再不会给什么欢愉，能及它夺走的欢乐/转瞬凋谢的，岂止是少年颊上明艳的绯红/青春未逝，心底的娇花嫩蕊已一去无踪。

——拜　伦

我原以为，这颗心忘了/轻易感受痛苦的能力/我说：那以往的一切；/早已不在，早已经过去！/去了，盲目信任的美梦/热情的激动和忧郁……/可是，来了美的有力统治/怎么这颗心又在颤栗!

——普希金

是的，我幸福过；是的，我享受过了/我陶醉于平静的喜悦，激动的热情……/但飞速的欢乐的日子哪里去了?/如此匆匆消逝了梦景/欢情的美色已经枯凋/在我四周，又落下无聊的沉郁暗影！……

——普希金

午夜是如此沉寂苦寒；/我在树林里徘徊长叹/我把沉睡的树木摇醒；/它们摇摇头深表同情。

——海　涅

星星迈着金脚漫游/胆子小，步履轻/大地睡在夜的怀里/它们怕把它惊醒。

静默的树林在倾听/一片叶，一个绿耳朵！/山好像在做梦/伸出它影一般的胳膊。

可是什么在那里喊?/回声侵入我的心/是爱人的声音吗/可只是一只夜莺?

——海　涅

蓝色的春天的眼睛/从草里向外观看；/这些可爱的紫罗兰/我挑选它们编个花环。

我一边采掇一边想/所有这些思想/都在我心里叹息/夜莺儿高声歌唱。

我想的，它都唱出来/歌声嘹亮，回音四起；/整个的树林已经/知道我心里的秘密。

——海　涅

你看那山峰吻着苍穹/波涛互相偎依；/花朵儿也如姊妹弟兄/姊妹决不能厌弃弟弟；/阳光搂抱着大地/月光轻吻着海波；

/这般的柔情有什么意义/如果你不吻我?

——雪　莱

世界如此惨淡/我也感到疲倦/玛丽，奔走漂泊，却没有你陪伴；/在你的声音和笑容里/不久前，还有一片欣喜；/但它逝去了，那么，我也该逝去了吧，玛丽。

——雪　莱

每一朵花儿都渗透着它的伴侣/所散播着的光彩以及香味馥郁/像青春与爱促成的年轻的情人/幸福地在相互的恋情之中沉浸。

——雪　莱

含羞草从叶到根深感到一种爱/但只能结出微小的爱的果实来/它接受的东西最多，它爱得最深/它最感贫乏，但它有最多的爱情。

——雪　莱

数十年弹指间逝去。

暴雨将临的黄昏，我在心里见你全身依然洋溢着青春的活力。你依然拥有灵秀的韵华。

你春天的芒果花，依然散发沁人心脾的芬香，如今正午的杜鹃，和你那时一样凄婉地啼鸣。

我对你的回忆融合在年年岁岁的自然景色里。

你纤柔的身姿，深深地印在不可撼动的土地上。

——泰戈尔

吻我吧；啊！你的嘴唇冰凉：/你的两臂搂住我的颈项——/它们虽柔软，可是寒冷彻骨；/你的眼泪向我头上倾注/冷得像冰冷的铅珠。

——雪　莱

紧紧地拥抱我，让我俩的心/像两个影合成一个影/让这一场可怖的激动/在永无尽期的长眠之中/像一片轻雾似地消融。

——雪　莱

她是你纯洁之魂/主宰着浩浩乾坤/主佑女皇！/她是你深厚的爱情/像天上降下的甘霖/不论她到何方/主佑女皇!

——雪　莱

虽然歌声的魔力太强/还请用你美妙的喉音把歌儿吟唱；/那曲调是人间所无/只有在缥缈的天府——/那儿三者是一体：感情、音乐和月光。

——雪　莱

有一个绿草如茵的小岛/秋牡丹和紫罗兰/把它铺饰成一幅绣锦；/夏天的轻风把花和叶/编织成小岛的屋顶；/那松林和大树的浓荫/遮住了日光与风雨/树木像岛上嵌着的一块块宝玉；/无边的碧波环绕在小岛周围/云和山峰就用这万顷之水/铺成一片蓝色的湖，那么深邃。

——雪　莱

天上灿烂的游女，爱娇的姑娘/只有你一个才许任意把模样变化/才许永远受人崇拜向往；/你别羡慕这黯淡的世界吧/因为在它的阴影中只生长过一个/就只一个〔像你这般〕美的姑娘。

——雪　莱

我渴望着那种神圣的音乐/我的心干渴，像一朵枯萎的花；/快倾出乐声，像倾出醉人的魔酒/让音符像银铃似的雨，阵阵倾洒；/像一片不毛的平原盼待着甘霖/我喘息，我昏晕，直到音乐降临。

——雪　莱

我同情你们，不幸的星辰/你们美丽而又晶莹/乐于为迷途的船夫照亮道路/可没谁报答你们，不论神或人；/你们不恋爱，也从不知道爱！

永恒的时光带领我们/无休止地在广袤的空中行进/你们又走完了几多旅程/自从我沉湎在爱人的怀抱里/忘记了星已白，夜已深。

——歌　德

清晨，山谷、群山和庭园/拉开了雾的帷幔/为了慰藉难忍的渴慕/斑斓的花朵已将露水盛满；

天空中飘荡着浮云/将清冷的晨光阻拦/为打开太阳的蓝色的道路/东风正在把浮云驱赶；

而你，在饱享眼福之余/会感谢那博大仁慈的心田/于是，夕阳也将吐放红光/给周遭的地平线镶上金边。

——歌　德

你就要离开我了吗?/适才你与我如此亲近！/浓云遮暗了你的身影/如今你已完全消隐。

你该感到我多么忧伤/探头望我，像颗小星！/向我表明还有爱我者/纵使远在天边，我的心上人。

升起吧，明亮而又皎洁！/循着你的轨道，射放光辉！/我的心儿痛苦地狂跳/这夜啊，令人幸福陶醉。

——歌　德

我乐意离开这幢小屋/这里栖息着我的美人；/随后我轻轻

迈开步子/走进一座荒寂的森林/月光穿透暗黑的橡树/西风拂动夜的阴影/白桦洒播最甜美的芳香/频频向她鞠躬致敬。

——歌 德

我的心儿狂跳，赶快上马！/想走想走，立刻出发/黄昏正摇着大地入睡/夜幕已从群峰上垂下；/山道旁兀立着一个巨人/是橡树披裹了雾的轻纱；/黑暗从灌木林中向外窥视/一百只黑眼珠在瞬动眨巴。

——歌 德

你从天国中来/消解人世的万般痛苦/谁感受着双倍的困厄/就给谁双倍的慰抚/唉！我已经倦于驱驰！/苦与乐全不在乎！/甘美的和平啊/来吧，快来我心中长驻！

——歌 德

水中，深沉的寂静/大海一动也不动/船夫环视光滑的/海面，忧心忡忡/一片可怕的死寂/哪儿都没有一丝儿风！/在苍茫无际的远方/也波不兴，浪不涌。

——歌 德

紫罗兰开放在草地上/蜷曲着身儿，没人欣赏/虽然它有可爱的模样/远远走来年轻牧羊女/脚步轻盈，心情舒畅/她走啊，走啊/一边走，一边把歌唱。

唉，我要是，紫罗兰想/自然界最美的花就好啦！/唉，哪怕就一会儿时光/只要可爱的人儿摘下我/把我轻轻戴在她胸口上/一会儿，一会儿/唉，哪怕只一会儿时光！

——歌　德

你的头昨天可不还是青褐色的么，就像/她的卷发，那在远方召唤我的爱人；/一夜风雪，围绕着你的头颅吹刮、飘洒/今儿个一早你便有了银灰色的峰顶/青春与衰老，唉，被生之链拉得这么近！/昨天与今天，联结成了流动的梦影。

——歌　德

鲜的营养，新的血液/我从自由的天地中汲取；/躺卧在自然的怀抱里/何等温暖、惬意！/水波轻摆着船儿，和着荡桨的节拍/湖岸奔上前迎接/云山直插天际。

眼睛，我的眼睛，你为何沉下?/是金色美梦，它们又袭扰你?/去吧，梦，尽管你色美如金！/眼前也有爱，也充满生趣。

千万颗跳荡的星儿/在湖波上面闪明/四周耸峙的远山/正在柔雾里消隐，

晨风鼓动着羽翼。

——歌　德

你坐在窗口/天在下雪——/你的头发雪白/还有你的双手——/可是在你雪白的脸上的/两面镜子里/还保持着夏天：/土地，让牧野升到不可见的世界——/饲水场，让缥缈的小鹿过夜。

而我哀叹着倒向你的白色/你的雪里——/生命是那样轻轻地从它那里离开/就像在说完一句祈祷以后——

啊，在你的雪里入睡/带着在人世的火的气息里的一切痛苦/而你那像温柔的百合花的头/已经沉入大海的黑夜/投向新的诞生。

——萨克斯

每时，每日，永恒的年华/它们就像是蜗牛在爬；/这些无情的巨大的蜗牛/伸出它们的触角漫游。

常常在荒凉的地方/常常在迷雾的海上/闪着一线可爱的金光/像我恋人的眼睛一样。

可是就在这同一刹那/喜气全消，我只剩下/我这难以忍受的苦恼/我这昏昏沉沉的知觉。

——海　涅

我又看到你，你这棵可爱的树?/从前，在那春天/美梦之中，我曾把我初恋的/爱人的名字刻在你嫩枝上面。

以后，弯弯的小枝变化多大/那可爱的字迹/已经消失，长成坚硬的树干/就像她的爱和那些美好的时日!

我以后也悄悄长大，像你一样/一切都不肯留驻/但我的创伤却增长而不愈合/在尘世间也许永不会治愈。

——乌兰德

我在树阴下独行/怀抱着无限悲痛；/往昔的旧梦飞来/潜入我的心中。

高空中的小鸟/谁教你们这支歌?/别唱吧！我的心听到它/又勾起无限深愁。

“从前有一位少女/总是来唱这支歌/我们小鸟就记住/这支动听的妙歌。”

你们狡猾的小鸟/不要再说给我听；/你们要引我伤心/可是我谁也不信。

——海　涅

我有一个父亲/壮得像汲水井的木桩/在柯布尼莎/眼蓝如铁，胡子有火星/他一瘸一拐，读得懂故事书。

他有一个女儿/美得像牧场的小河/在柯布尼莎附近/冬季她穿漂亮的小靴/夏季腰间围一块印花布。

他做梦想当烧炭工/还想懂得鸟语/可他是个破落小农庄的铁匠/见到长官便点头哈腰。

而她，他的女儿，宁愿/跟一个二十岁的士官生私奔/却给一个驿站管理人娶走了/他给她买两面烤饼和一副眼镜。

一匹灰花斑马踢跛了我父亲/他再也进不了林子/只好一点点储存炭末；/他的心是一座熄火的熔炉/他喝了九大杯淡啤酒/想不到醉死了。

我听说，人决不会/安于自己的记忆/我早晨看见我们小小的地平线/在小油灯下面我为大家/写写信封。

——皮昂特克

我们又重新聚在一处/男男女女，作乐寻欢/我们应该立刻编出/新鲜碧绿的诗歌花冠。

第一件诗歌的供品/应当献给哪一位神?/我们应当首先歌咏/那位创造欢乐的神。

因为，单靠谷物女神/把祭台上铺满谷物/单靠酒神给杯中满斟/葡萄美酒，有什么用处?

如果没有天上的火花/点起炉中的熊熊之火/精神就不会激昂奋发/心里也永远闷闷不乐。

幸福必须来自云中/从天神怀里降下人间/在那一切统治者之中/最强大的乃是瞬间。

自从无穷无尽的自然/在创世之初，形成万物/只有思想的倏忽闪现/是世间最神圣的事物。

石头慢慢地堆砌起来/随着时间的一定行程/但设想起来，却是很快/像从精神中突然产生。

像在晴明的阳光之中/织成一幅彩色的挂毯/虹霓女神跨过天空/飘浮在她的彩桥上面。

美丽的赠物都是如此/像电光一样非常短暂；/黑夜很快将它们禁闭/关进阴暗的坟墓中间。

——席　勒

在山谷中，到初春时光/听到第一只云雀飞啼/就有个美丽神奇的姑娘/来到贫苦的牧人那里。

她并非在这山谷中出生/谁也不知道，她来自哪里；/一旦这姑娘告别众人/她的踪影就很快消逝。

她一来到，就使人欣慰/大家都感到衷心欢喜/可是有一种崇高和尊贵/使人们无从跟她亲昵。

她带来鲜果，带来鲜花/那是别处地方的出产/生在另一种阳光之下/更加优良的大自然里面。

她给每个人都有奉赠/给这位赠果，给那位送花；/不论少年和拄杖的老人/谁都携带了礼物回家。

任何宾客都受她欢迎；/特别是一对情侣走近她/她就要赠送最好的礼品/给他们送上最美丽的花。

——席　勒

我们亲密地坐在/赤杨树的凉阴里/我们亲密地俯望/流水潺潺的小溪/月亮也升了出来/随后又升起星星/一同亲密地照

着/那面银色的明镜。

我也不去看月亮/我也不去看星星/我只看她的影子/我只看她的眼睛/瞧它们在溪水中/向上面点头仰望/岸上蓝色的花儿/也跟着学模学样。

整个晴明的天空/全部沉入了小溪/它好像也要将我/拖进小溪的水底/在云和星的上面/活泼地流着小溪/潺潺地唱着唤我：/跟我来吧，小伙计!

我眼中泪珠滚滚/水面也皱起来了；/她说道：天下雨了/再会! 我要回家了。

——缪　勒

我真想知道/你临终的眼光望着什么/是望着一块石头，它已吸饱了许多/临终的眼光，那些昏盲地/落在盲目者身上的眼光?

或者是望着泥土/足以塞满一只靴子的泥土/造成那么多的别离/和那么多的死亡/而已经变得污黑的泥土?

或者是望着你最后的道路/它向你转达你曾走过的/一切道路的告别?/或者是望着一个小水坑，一块反光的金属/也许是你的敌人的腰带的扣子/或者是望着任何一个其他的小小的天像?

或者是望着这个大地，不让任何人/未尝过爱情就离去的大地送给你的/空中飞鸟的占象/提醒你的灵魂，使它战栗/在你烧得痛苦的肉体里？

——萨克斯

当你俯身在天空的边缘/夏天落尽了叶子：/我们落伍了/我们张开眼睛/我们看见你永恒的形象/那么你知道了一切/眼泪和希望/苦难的世界，幸福的世界/被拯救的灵魂，被钟爱的灵魂/我们的姊妹/家乡就在这里！

——哈森克莱维尔

有一回有一回——/我们是纯洁的/卑微地坐在一块界石上/和许多可亲的老太太在一起/我们惯于仰望天空/当死者无忧无虑的坟场前面/吹来一阵风中的微风/望着一扇半倒的门/野蜂在山楂丛里嗡叫/一个蟋蟀之夜胀破了耳鼓/一个少女在编织一个白色花环/我们感到了死亡和一阵甜蜜的痛楚/我们的眼睛于是全变蓝了——/我们在地球之上，在上帝的心里/我们的声音没有性别地唱了起来/我们的身体纯洁而公正/睡眠把我们带过绿色的走廊——/我们安息在爱情那神圣的交织物之上/时间如彼岸，变化而悠长。

——维尔弗尔

多少海洋消失在沙中/多少沙子在石头中苦苦祈祷/多少时间在贝壳/歌唱的角里哭泣掉/多少鱼群珍珠般的眼睛里/放弃

了生命/多少清晨的珊瑚里的号角/多少水晶中星星的影子/多少笑的种子在鸥鸟的喉间/多少思乡的游丝在夜间群星的/轨道穿梭/多少肥沃的土壤/为了这个字的根：/你——/在一切砰然作响的/秘密的帷幕之后/你——

——萨克斯

乐园里的上帝，听说有一个人居然胆敢希冀成为神灵。他曾经一次又一次的同他的劲敌泰坦们战斗，并拒之于他的王国之外；然而他惧怕一个具有忍受苦难的力量的人。

但是他懂得凡夫俗子的癖好，于是他计划用诱惑来引诱这个凡人放弃他的冒险行动。

——泰戈尔

从乐园吹来一口气，吻着那个拾柴姑娘的肢体，她的青春由于一阵突然迸发的美丽的快乐而感到痛苦，她的思想也仿佛像蜂巢受到袭击的蜜蜂在嘤嘤的作响。

苦修士要离开森林，到山洞里去完成他的严格的苦行的时候来到了。

——泰戈尔

当山溪像一把光芒闪烁的弯刀，被黄昏插入了暮色的刀鞘，一群鸟雀突然在头上飞过，它们挥动着高声大笑的翅膀向前冲飞，宛如穿行在群星之中的一支利箭。

此情此景在凝然不动的万物心中，惊起了一种对速度的激情；群山似乎在它们的胸中感到暴风雨的阴云的苦痛，而树林则渴望挣脱它们生根的枷锁。

——泰戈尔

这些鸟雀的冲飞，为我撕碎了静寂的面幕，在深邃的沉静之中，泄露出巨大的颤动。

我看见这些山峦和森林，越过时间飞向未知的境域，黑暗在繁星飞过的时候，颤成了火花。

我觉得在我自己的身体里，有越过海洋的鸟儿振翅疾飞的那种力量，在生与死的界限之外划出了一条道路，而在这时候，漂泊的世界以众口纷纭的声音喊着："不是这里，在别的地方，在迢递的远方的心里。"

——泰戈尔

喜马拉雅，你在世界的少年时代，从大地的开裂的胸中跳出来，就把你燃烧着的挑衅山连山地掷给了太阳。

——泰戈尔

她用来称呼我的名字，像一朵盛开的素馨花，覆盖了我们俩相爱的整整十七年。这名字的声音混合着透射过绿叶的光线的颤抖，雨夜里青草的气息，还有多少个闲散的日子在最后时刻的悲痛的静寂。

答应这个名字的他，不只是上帝的创作；这是她为了自己的缘故，在那十七个短暂的岁月里而把他重新创造的。

——泰戈尔

我们的巷子是弯弯曲曲的，仿佛多少世代以前，在她开始探索目的地的时候，她曾经左右彷徨，此后就永远停留在迷乱之中。

在天空里，在她那些建筑物的中间，像缎带似的悬挂着一道从空间撕下来的狭带：她唤它蓝城的妹妹。

她只有在中午短短的时刻见到阳光，因此她聪明的向自己提出疑问："是真的吗?"

——泰戈尔

六月的雨，有时好像用铅笔的涂线掩去了她那一道日光。小路变得泥泞溜滑，雨伞互相碰撞。头顶上喷水口里突然喷射出一股股水，溅泼在她的惊骇的路面上。在惊惶失措之中，她把这当做是造物的一个无礼的狡计。

——泰戈尔

春风在她的曲折盘旋之中迷失了道路，像一个喝醉了酒的流浪汉，在墙角和犄角上跌跌撞撞，把尘土飞扬的天空撒满了碎纸和破布。“这有多么愚蠢呀！难道神灵都发了疯了吗?”她在愤怒之中高呼。

——泰戈尔

在森林的深处，苦行的修士紧闭着眼睛在苦苦的修炼；他想修成正果，进入乐园。

但是拾柴的姑娘在衣裙里给他带来了果子，又用树叶做成的杯子从溪流里为他取来了清水。

日子一天天的过去，他的修行变得愈加艰苦了，到后来他绝口不尝果子，也不喝一滴清水。拾柴的姑娘感到非常悲伤。

——泰戈尔

从涧水声越过的林野边沿，赶集的山里人离开平坦的村径，走上迂回上升的山道。他耕牛的背上绑着几捆干柴，颈上的铜铃儿响丁当。

——泰戈尔

两个时辰松快地过去了。鲜嫩绛红的阳光已经变得白洁。鸿雁掠过峰峦，飞向沼泽。老鹰在蓝天盘旋，好像高山欲腾的心中默念的一句经文。

——泰戈尔

聆听间，世俗的帷幔不翼而飞，好似异卉奇葩的看不清的美妙的舒展；淡淡的芳香弥漫天际；不可获取之物的慨叹，是历经磨难的未赍之愿的微语。

——泰戈尔

我眼里的她，像是坐在幽暗石阶上的仙女，绯红的纤足浸在黝黑的水里，无岸的湖里荡起乐音的漪澜，我起伏的胸膛震颤的微风，抚摸着她的周身。

——泰戈尔

这千古可感而不可见的绿叶的絮语，使我清醒的痴梦幻灭，在苍鹰盘旋的天边那杳无人烟、蜜蜂嗡鸣的正午的闲暇里，在泪花晶莹、握手并坐的恋人无言的缠绵上，落下它们绿荫的同情，它们轻拂着卧眠床榻的情女起伏的柔胸上的纱丽边缘。

它们的摇曳把激动的抖颤带往情侣期待的心慌的吉日良辰。

——泰戈尔

啊，永生的女郎，我的竹笛今日特来相告——你告别人世之后将永远生活在我的歌里。

我此行的目的，是用寻觅到的新名字呼唤我那逝去了的过去。

啊，美貌的女郎，视我为你的知音——你往世的挚友。

——泰戈尔

妙龄女郎啊，悠远的古代与当今的新时代相仿。

南风习习的时节，曾有我这样一个人。

是林花的清芬引导我沿着烟雾迷蒙的路径跨人你的新时代。

可能的话，把我当做你的良朋。

我别无他长，只能在你与心上人幽会的夜里奉献几首恋歌——杳远的无眠之夜写下的歌曲。

你会从中得到你喜爱的新奇的东西，发现自己处于躯壳之外的昔时的河边。

今日，我携来了那时春天的竹笛，吹奏思念恋人的古曲。

将它收藏在你微闭的媚眼和细绵的呼吸里吧!

——泰戈尔

你立在暗处，考虑着是否进屋。

我隐隐听见你的手镯声。你粉红的纱丽的一角在门外风中飘拂。

我看不见你的面容，但看见西天的斜阳把窃得的你的倩影投落在我房间的地板上。

——泰戈尔

你送来新鲜生活的美好形像，送给我心房第一阵惊喜和血液中第一阵激浪。

朦胧的爱情的甘甜，好像黎明缀有金饰的黑色面纱，排斥着纯洁目光的交换。

那时心林的鸟啼还不大胆，绿叶的飒飒声时而响起，时而平息。

——泰戈尔

二月的果园里，芒果树花开花落；三月火焰树底下，落红遍地。四月的煦光照着油菜田，晴空和田野是诗人的战场。

——泰戈尔

我的爱情，像一块农夫遗弃多年、田埂毁坏的稻田，元初的自然漫不经心地在上面扩展了自己的权限。荒草和不知名的树木蔓生，与周围的丛林连成一片。

我的爱情也像残夜的启明星，在晨光中沉没自身的光环。

——泰戈尔

你啊，不可知的鸟儿，栖息在团圆的笼子，装饰一新的笼子里吧。

别绪盈满翅翼、飞行延迟的所在，不知鸟巢在哪儿，它的幽会在地极的彼岸，一切景观的隐逝里。

——泰戈尔

这时你突然异常激动地抓住我的手说：“我永世不忘你。”

未点灯的窗前，我的身子模糊不清。

在阴影的掩护下，你打消了倾吐隐衷的踌躇。

那一瞬间你爱情的宫殿，屹立在我无边的回忆的地基上。

那一瞬间的悲欢，由光阴的琴弦弹响，飘向无尽的来世。

那一瞬间我的小我，在你真挚的感情中获得了无限。

你发颤的嗓音使我生命的苦修，得以品尝成功的琼浆。

较之你世界的无数事物，我更充实，活得更有朝气。

——泰戈尔

无垠的天宇，“线条”的旅客乘时光的轻舟，在幽暗的背景前跳“形体”之舞；无声的“无限”的心声，用无句的“有限”的语言和暗示来表达，有量之美用花篮装“无量”的欢乐的财富——它不是内容，不是思想，不是语句；仅是形象，用光线塑造。

——泰戈尔

花园里，一只只雕花白瓷花盆摆得秩序井然。紫色树篱修剪得极为平整。院墙上禁锢着青藤，听不见开怀大笑。她们只能抿嘴嫣笑，轻轻晃动婀娜的身姿。园内没有她们跳舞的空地，她们处于高雅的统治之下，像莫卧儿王朝珠围翠绕的妃子，深得皇上的宠爱，可是一举一动，被太监严密地监视。

往外望去，一棵魁伟的桉树昂首入云，两侧几株金篮树神气地舒展着繁枝密叶，头上是寥廓的蓝天。

——泰戈尔

我纵目远望，呵，苍天也没有永久的休憩，悠悠时空荫庇的星星在无声地絮语。它们迅射的光的暗示，惊扰着参禅的“静谧”的冥想。

——泰戈尔

一瞬之间，陌生时刻的情感唱着行路之歌，从迢遥的林莽步人我半掩的窗口。

奇妙无形的手指在心弦上弹着相思曲，细雨蒙蒙的幽静的住处，一方滑落的看不见的纱巾的拂触，遗留在黄昏素馨花凄郁的幽香里。

——泰戈尔

乌鸦在罗望子树上聒噪，鹰隼溶入烈日烤化的高天的苍碧，渔夫在沼泽围堤捕鱼。

沼泽对面古老的村落若隐若现，天穹淡蓝的极边，飘荡着缨络似的紫岚。兀鹰在鱼网上空盘旋，鸬鹚默坐在竹顶，无浪的水中倒映出纹丝不动的影子。

湿风中弥散水藻的清香。

——泰戈尔

它露出真相的一天，我在我的光辉中看清我自己，如同心里苏醒爱恋的时候，把离愁编成项链的时候，赋予贫苦以荣光的时候，死亡不意味着终结的时候，情女真实地认识自己，真实地展示自己。

——泰戈尔

愿你从万像择选这一普通的情景，在暮色苍茫的黄昏，画在你追念的画布上。

不必做更多的事。我是光的情人，在生命的舞台上吹笛；不会抛下一个长叹缠绕的孤影。

——泰戈尔

熹微的晨光中，布谷鸟断续地啼叫，听似一声声爆竹。

泛彩流金的云朵，在空中缓缓飘移。

东方天空射来的阳光，除扫着草叶上斑驳的暗影。

凉风习习，两株并立的椰子树的枝叶沙沙地摇曳，好似双胞胎婴儿甜蜜的啼哭。

石榴树光润的绿叶后面，露出了几个可爱的小石榴。

——泰戈尔

卡弥尼树的枝丫，悬曳着露水打湿的坚韧的蛛丝。花园曲径的两旁，星散着小小的棕色蚁蛭。上午，下午，我穿行其间，忽然发现素馨花枝绽开了花苞，达迦尔树缀满了洁白的花朵。

地球上，人的家庭看起来很小，其实不然。昆虫的巢穴何尝不是如此哩。它们不易看清，却处于一切创造的中心。世世代代，它们有许多的忧虑，许多的难处，许多的需求——构成了漫长的历史。日复一日，表现出不可阻止的生命力的活跃。

我在它们中间踯躅，听不到它们的饥渴、生死……永久的情感之流的流淌。我低吟诗行，斟酌字眼，以完成写了一半的歌曲。对于蜘蛛的世界，蝼蚁的社会，我这样斟字酌句是费解的、古怪的、毫无意义的。它们幽暗的天地里，是否回荡着摩挲的柔声，呼吸的妙曲，听不清的喁喁低语，无可表达的沉重的足音？

我是个凡人，我自信可以周游世界，甚至能够排除通往彗星、天狗口啖的日月的路上的障碍。然而，蜘蛛的王国对我是永远闭关的，那充满我痛苦、怨恨和喜悦的世界的尽头，蝼蚁的心灵的帘幕是永远低垂的。上午、下午，我在它们的“狭小而无限”之外的路上往返，目睹素馨花枝绽开花苞，达迦尔树缀满洁白的花朵。

——泰戈尔

世界上不缺少不美的人，比起不美的人，我的旅伴有过之而无不及。这委实是件稀奇事儿。

他的秃顶与年龄不相称，所剩无几的头发也已斑白。两只小眼睛没有睫毛。他皱着眉头东张西望，好像在稻田里拾稻穗。他的鼻子高而宽，占据了四分之三的脸盘。额头宽阔。左鬓发毛脱尽，右眼上眉毛消失。唇髭胡须剃光的脸上，裸露着造物主塑造的粗疏。

——泰戈尔

太阳升起之前，她撑着花伞，沐浴着凉爽的晨风，在娑罗树林里散步，野花竞相吻她的纤足，竟未引起她的注意。她有时涉过浅清的小河，到对岸树底下看书。

她不理睬我，由此我断定她认出我了。

——泰戈尔

你秀美的脸上闪现一丝甘露般的甜笑，倏地穿过闲谈的缝隙，不可思议地摇醒了我昏眠的青春。

那是亿万事件的海滩上，游玩的大潮的波涛从海底卷翻上来的一颗罕见的珍珠，此后欲见总无缘。

——泰戈尔

一缕血红的落日余晖，宛如一把宝剑，从剑鞘里直射出来。

夜半更深，我看到门扉在猛烈地抖动。暴风雨揪住全城的束发，把它从梦中唤醒。

——泰戈尔

人们惊奇的倾听着青年歌手迦希的歌唱，他的歌声宛如竞技会上的一把利剑，在千绪万端的纷杂纠结之中翻滚飞舞，把它们劈成碎片而欢呼。

——泰戈尔

竹笛的话语，是永恒的话语；它是源于湿婆束发的恒河流水，每天都流经大地的胸田；它宛如仙界之子，在和死者灰烬的戏耍中从天而落。

——泰戈尔

有过多少伟大的时代，有过多少伟大的人世！又有多少生灵在世界的多少个时代中欢快地繁衍生息！何等久远，何等辽阔！透过云影和雨声，在这个不驯服的小姑娘的脸上，我们看到了这一切。

她合上那双大眼睛，静静地立着，宛如无限时代的楷模。

——泰戈尔

我立在路旁，倾听着笛声；我不能理解当时我怀着一种什么样的心情。我本想把这种痛苦融会在那熟悉的苦乐之中，但它们都未能融会。我发现，它比那熟悉的微笑还清晰，比熟悉的眼泪还深沉。

——泰戈尔

太阳神哟，这个黄昏立在你的左侧，而那个黎明却在你的右边伸展腰肢。请你让它们联合起来吧！就让这黄昏的阴影和朝霞的光辉互相拥抱和亲吻吧！让这黄昏之曲为那黎明之歌祝福吧！

——泰戈尔

彩云中的所有金辉，都融会在晚霞里，难道说她投来的这一目光就不会同晚霞融合?既然纳格凯绍尔花中的金粉可以被雨水冲落，那么这雨水为什么不能把这目光冲走呢?

——泰戈尔

你孤零零地独自坐着，像一个博览群书的学者，在你的膝上放着一本翻开的用数不尽的石头篇页编成的古书。

我想知道，这里面写的是什么故事?——是神圣的苦修士湿婆和爱神婆伐尼的永恒的婚礼?——是恐惧向脆弱的力量求婚的戏文?

——泰戈尔

你的激情经过这番抑制以后，美丽就自由的在你的胸脯上游戏，信任怀着繁花和飞鸟的喜悦围拥在你的四周。

——泰戈尔

人，可以横渡大海，飞越高山，凿穿地下宫殿而偷出珍宝，但是一个人的内心话，却无论如何也不能将另一个人毁灭。

——泰戈尔

两个人之间，横亘着无限的天宇；在那里一片寂寞，在那里没有话语。只有用笛声去填补那巨大的寂寞。如果没有辽阔天宇的罅隙，竹笛就不会奏起乐曲。

横在我们之间的那块天宇跨入了黑暗，在那里充满每天的劳作、话语，充满每天的恐惧、贫穷、忧虑。

——泰戈尔

这时节，新雨出现在东方大地，宛如肥大的青色长袍在漂移。于是我想起了诗人吴久伊尼的话语。我仿佛觉得那是在向我的爱人派遣云使。

就让我的歌声飞翔吧！让它飞越那近在咫尺而又远在天涯的难以逾越的异国去吧！

就让这新雨带着天宇和大地婚礼的祝词降落在我们的离别上吧。让深藏在我爱人心中那些无法表达的话语，像突然弹响的琴弦一样，发泄出来吧！就让她那宛如远处林缘般颜色的碧绿的纱丽披在她的头上吧。让所有云雨的音符在她那双炯炯的目光中鸣响吧。愿那个编到她发辫上的贝库尔花环更加绚丽！

——泰戈尔

把积储的东西委弃在岸上吧，在这深不可测的黑暗之上，向着无限的光明扬帆前进。

——泰戈尔

若是这个从集上归来的穷汉，能突然被人举升到一个遥远时代的峰巅，人们也许会停下他们的工作而向他欢呼，欣喜的向他奔去。

因为他们再不会把他贬降成为一个农夫，而会发现他充满了他那个时代的神秘和精神。

甚至连他的贫穷和苦痛也会化为伟大，不再受到现实生活的浅薄的羞辱，而在他的篮子里的那些卑贱的东西，也会赢得动人怜悯的尊严。

——泰戈尔

可爱的秋景！无声的落叶/轻盈的，轻盈的，掉落在这小径/竹篱内，隐约的，有小儿女的笑声：

呖呖的清音，缭绕着村舍的静谧/仿佛是幽谷里的小鸟，欢噪着清晨/驱散了昏夜的晦塞，开始无限光明。

刹那的欢欣，昙花似的涌现/开豁了我的情绪，忘却了眷恋/人生的惶惑与悲哀，惆怅与短促——/在这稚子的欢笑声里，想见了天国！

晚霞泛滥着金色的枫林/凉风吹拂着我孤独的身形；/我灵海里啸响着伟大的波涛/应和更伟大的脉搏，更伟大的灵潮！

——徐志摩

“那首是白娘娘的古墓/(划船的手指着野草深处)；/客人，你知道西湖上的佳话/白娘娘是个多情的妖魔；”/“她为了多情，反而受苦/爱了个没出息的许仙，她的情夫；/他听信了一个和尚，一时的糊涂/拿一个钵盂，把他妻子的原形罩住。”

到如今已有千百年的光景/可怜她被镇压在雷峰塔底——/一座残败的古塔，凄凉地/庄严地，独自在南屏的晚钟声里！

——徐志摩

那天你翩翩的在空际云游/自在，轻盈，你本不想停留/在天的哪方或地的哪角/你的愉快是无拦阻的逍遥。

你更不经意在卑微的地面/有一流涧水，虽则你的明艳/在过路时点染了他的空灵/使他惊醒，将你的倩影抱紧。

他抱紧的只是绵密的忧愁/因为美不能在风光中静止；/他要，你已飞渡万重的山头/去更阔大的湖海投射影子!

他在为你消瘦，那一流涧水/在无能的盼望，盼望你飞回!

——徐志摩

山! /你的阔大的巉岩/像是绝海的惊涛/忽地飞来/凌空/不动/在沉默的承受/日月与云霞拥戴的光豪；/更有万千星斗/错落/在你的胸怀/像诉说/隐奥/蕴藏在/岩石的核心与崔嵬的天外!

——徐志摩

这一瞬息的展雾——/是山雾/是台幕/这一转瞬的沉闷/是云蒸/是人生?

那分明是山，水，田，庐/又分明是悲，欢，喜，怒/啊，这眼前刹那间开朗/我仿佛感悟了造化的无常!

——徐志摩

她不在这里/她在那里——她在白云的光明里：/在澹远的

新月里；她在怯露的谷莲里：/在莲心的露华里；她在膜拜的童心里：/在天真的烂漫里；

她不在这里/她在自然的至粹里！

——徐志摩

秋雨在一流清冷的秋水池/一棵憔悴的秋柳里/一条怯懦的秋枝上/一片将黄未黄的秋叶上/听他亲亲切切喁喁唼唼/私语三秋的情思情事，情语情节/临了轻轻将他拂落在秋水秋波的秋晕里，一涡半转/跟着秋流去/这秋雨的私语，三秋的情思情事/情诗情节，也掉落在秋水秋波的秋晕里，一涡半转/跟着秋流去。

——徐志摩

你是谁呀?/面熟得很，你我曾经会过的/但在哪里呢，竟是无从记起；/是谁引你到我密室里来的?/你满面忧怆的精神，你何以/默不出声，我觉得有些怕惧；/你的肤色好比干蜡，两眼里/泄露无限的饥渴；呀！他们在/迸泪，鲜红，涸干，凶狠的眼泪/胶在睚帘边，多可怕，多凄惨！/——我明白了：我知晓你的伤感/憔悴的根源；可怜！我也记起/依稀，你我的关系像在这里/那里，云里雾里，哦，是的是的！/但是再休提起：你我的交谊/从今起，另辟一番天地，是呀/另辟一番天地；再不用问你/——我希冀——“你是谁呀”？

——徐志摩

我攀登了万仞的高冈/荆棘扎烂了我的衣裳/我向飘渺的云天外望——/上帝，我望不见你!

我向坚厚的地壳里掏/捣毁了蛇龙们的老巢/在无底的深潭里我叫——/上帝，我听不到你!

我在道旁见一个小孩：/活泼，秀丽，褴褛的衣衫；/他叫声妈，眼里亮着爱——/上帝，他眼里有你!

——徐志摩

杜鹃，多情的鸟，它终宵唱：/在夏荫深处，仰望着流云/飞蛾似围绕亮月的明灯/星光疏散如海滨的渔火/甜美的夜在露湛里休憩/它唱，它唱一声“割麦插禾”——/农夫们在天放晓时惊起。

多情的鹃鸟，它终宵声诉/是怨，是慕，它心头满是爱/满是苦，化成缠绵的新歌/柔情在静夜的怀中颤动；/它唱，口滴着鲜血，斑斑的/染红露盈盈的草尖，晨光/轻摇着园林的迷梦；它叫/它叫，它叫一声“我爱哥哥!”

——徐志摩

轻轻的我走了/正如我轻轻的来；/我轻轻的招手/作别西

天的云彩。

那河畔的金柳/是夕阳中的新娘；/波光里的艳影/在我的心头荡漾。

软泥上的青荇/油油的在水底招摇；/在康河的柔波里/我甘心做一条水草!

那榆阴下的一潭/不是清泉，是天上虹/揉碎在浮藻间/沉淀着彩虹似的梦/寻梦?撑一支长篙/向青草更青处漫溯/满载一船星辉/在星辉斑斓里放歌。/但我不能放歌/悄悄是别离的笙箫；/夏虫也为我沉默/沉默是今晚的康桥! /悄悄的我走了/正如我悄悄的来；/我挥一挥衣袖/不带走一片云彩。

——徐志摩

庭院是一片静/听市谣围抱；/织成一片松影——/看当头月好!

不知今夜山中/是何等光景：/想也有月，有松/有更深的静。

我想攀附月色/化一阵清风/吹醒群松春醉/去山中浮动；

吹下一针新碧/掉在你窗前；/轻柔如同叹息——/不惊你安眠!

——徐志摩

昨天我瓶子里斜插着的桃花/是朵朵媚笑在美人的腮边挂；

/今儿它们全低了头，全变了相——/红的白的尸体倒悬在青条上。

窗外的风雨报告残春的运命/丧钟似的音响在黑夜里叮咛：/“你那生命的瓶子里的鲜花也/变了样：艳丽的尸体，谁给收殓?”

——徐志摩

我独坐在半山的石上/看前峰的白云蒸腾/一只不知名的小雀/嘲讽着我迷惘的神魂。

白云一饼饼地飞升/化入了辽远的无垠；/但在我逼仄的心头，啊/却凝敛着惨雾与愁云!

皎洁的晨光已经透露/洗净了青屿似的前峰；/像墓墟间的磷光惨淡/一星的微焰在我的胸中。

但这惨淡的弱火一星/照射着残骸有余烬/虽则是往迹的嘲讽/却绵绵的长随时间进行!

——徐志摩

无边的乡情

在这美丽的平原上/有我的可爱的故乡/这城市是我的生长之地/我保姆的歌还在荡漾/我又听到那儿歌的声浪：/“金龟子，黄黄的金龟子!”

离开的时候还是孩子/回来的时候已是成人/啊，过去了整整二十年/二十年中的痛苦、欢欣……/二十年……飞快的光阴！/“金龟子，黄黄的金龟子!”/老伙伴们，你们在哪里?/来吧，来坐在我的身旁/让我至少看到你们一个/让我忘记：我已经成长/有二十五岁在我肩上……/“金龟子，黄黄的金龟子!”

像是树枝间可爱的小鸟/到处飞翔着我的想像/它又像是采花的蜜蜂/采集了过去的一切欢畅；/这处处引人留恋的地方……/“金龟子，黄黄的金龟子!”

我吹着柳木的口笛/我又小孩子似地玩耍/我的竹马热情地跳着/它渴了，我在井边停下/它喝着，跳呀，勇敢的贝加/“金龟子，黄黄的金龟子!”

听，晚钟的声音响了/我疲倦地赶着马前行/到了家里，保姆抱住了我/又唱着催眠的歌声/我在朦胧的瞌睡中倾听……/“金龟子，黄黄的金龟子!”

——裴多菲

多瑙河旁有一间小屋；/啊，它多么使人留恋! /当我回想着它的时候/眼泪就模糊了我的两眼。

我原来想在那里安住! /迷人的愿望却赶我前行；/我的愿望长出了翅膀/留不住我了，这温暖的家庭。

我告别的接吻声响着/母亲的心忍受着苦痛；/滚滚的泪水也熄灭不了/这心头的爱火的熊熊。

她的颤动的手臂抱着我/哀求她的儿子留在家乡/假如我能够预先知道一切/这时我就不会在这远方。

——裴多菲

暖和的日光，澄碧的长空；/轻快地舞蹈着，闪烁的海波；/蓝色的岛屿，雪白的山峰/披上了晌午的紫色纱罗；/湿土的气息柔和/笼罩住未吐的新芽/像千种声音唱出一种欢乐/涛声、风声，鸟语吱喳；/像幽婉的低语，那城中的喧哗。

——雪　莱

我们的小园庭，有时荡漾着无限温柔；/善笑的藤娘，祖酥怀任团团的柿掌绸缪/百尺的槐翁，在微风中俯身将棠姑抱搂/黄狗在篱边，守候睡熟的珀儿，他的小友/小雀儿新制求婚的艳曲，在媚唱无休——/我们的小园庭，有时荡漾着无限温柔。

我们的小园庭，有时淡描着依稀的梦景；/雨过的苍芒与满庭荫绿，织成无声幽瞑/小蛙独坐在残兰的胸前，听隔院蚓鸣/一片化不尽的雨云，倦展在老槐树顶/掠檐前作圆形的舞旋，是蝙蝠，还是蜻蜓?——/我们的小园庭，有时淡描着依稀的梦景。

我们的小园庭，有时轻喟着一声奈何；/奈何在暴雨时，雨捶下捣烂鲜红无数/奈何在新秋时，未凋的青叶惆怅地辞树/奈何在深夜里，月儿乘云艇归去，西墙已度/远巷薤露的乐音，一阵阵被冷风吹过——/我们的小园庭，有时轻喟着一声奈何。

我们的小园庭，有时沉浸在快乐之中；/雨后的黄昏，满院只美荫，清香与凉风/大量的蹇翁，巨樽在手，蹇足直指天空/一斤，两斤，杯底喝尽，满怀酒欢，满面酒红/连珠的笑响中，浮沉着神仙似的酒翁——/我们的小园庭，有时沉浸在快乐之中。

——徐志摩

一棵松树在北方/孤单单生长在枯山上/冰雪的白被把它包围/它沉沉入睡。

它梦见一棵棕树/远远地在东方的国土/孤单单在火热的岩石上/它默默悲伤。

——海　涅

柳林青青/南风熏熏/幻成奇峰瑶岛/一天的黄云白云/那边麦浪中间/有农妇笑语殷殷。

——徐志摩

晚霞在林间田里/晚霞在塬上溪底/晚霞在风头风尾/晚霞在村姑眉际/晚霞在燕喉鸦背/晚霞在鸡啼犬吠。

——徐志摩

南方新年里有一天下大雪/我到灵峰去探春梅的消息；/残落的梅萼瓣瓣在雪里腌/我笑说这颜色还欠三分艳!

运命说：你赶花朝节前回京/我替你备下真鲜艳的春景：/

白的还是那冷翩翩的飞雪/但梅花是十三龄童的热血!

——徐志摩

小舟在垂柳阴间缓泛——/一阵阵初秋的凉风/吹生了水面的漪绒/吹来两岸乡村里的音籁。

我独自凭着船窗闲憩/静看着一河的波幻/静听着远近的音籁——/又一度与童年的情景默契!

这是清脆的稚儿的呼唤/田场上工作纷纭/竹篱边犬吠鸡鸣:/但这无端的悲感与凄惋!

白云在蓝天里飞行:/我欲把恼人的年岁/我欲把恼人的情爱/托付与无涯的空灵——消泯;

回复我纯朴的,美丽的童心:/像山谷里的冷泉一勺/晓风里的白头乳鹊/像池畔的草花,自然的鲜明。

——徐志摩

匆匆匆!催催催!/一卷烟,一片山,几点云影/一道水,一条桥,一支橹声/一林松,一丛竹,红叶纷纷:

艳色的田野,艳色的秋景/梦境似的分明,模糊,消隐——/催催催!是车轮还是光阴?/催老了秋容,催老了人生!

——徐志摩

我惭愧我来自古文明的乡国/我惭愧我脉管中有古先民的

遗血/我惭愧扬子江的流波如今溷浊/我惭愧——我面对着富士山的清越!

古唐时的壮健常萦我的梦想：/那时洛邑的月色，那时长安的阳光；/那时蜀道的啼猿，那时巫峡的涛响；/更有那哀怨的琵琶，在深夜的浔阳!

但这千余年的痿痹，千余年的懵懂：/更无从辨认——当初华族的优美，从容！/摧残这生命的艺术，是何处来的狂风？——/缅念那遍中原的白骨，我不能无恫！

我是一枚飘泊的黄叶，在旋风里飘泊/回想所从来的巨干，如今枯秃；/我是一颗不幸的水滴，在泥潭里匍匐——/但这干涸了的涧身，亦曾有水流活泼。

我欲化一阵春风，一阵吹嘘生命的春风/催促那寂寞的大木，惊破他深长的迷梦；/我要一把倔强的铁锹，铲除淤塞与壅肿/开放那伟大的潜流，又一度在宇宙间汹涌。

为此我羡慕这岛民依旧保持着往古的风尚/在朴素的乡间想见古社会的雅驯，清洁，壮旷；/我不敢不祈祷古家邦的重光，但同时我愿望——/愿东方的朝霞永葆扶桑的优美，优美的扶桑!

——徐志摩

我不能不赞美/这向晚的五月天；/怀抱着云和树/那些玲珑的水田。

背着轻快的晚凉/牛，放了工，呆着做梦；/孩童们在一边蹲/想上牛背，美，逞英雄!

白云穿掠着晴空/像仙岛上的白燕! /晚霞正照着它们/白羽镶上了金边。

绿是豆畦，阴是桑树林/幽郁是溪水傍的草丛：/静是这黄昏时的田景/但你听，草虫们的飞动!

在绵密的树阴下/有流水，有白石的桥/桥洞下早来了黑夜/流水里有星在闪耀。

月亮在昏黄里上妆/太阳心慌地向天边跑；/他怕见她，他怕她见——/怕她见笑一脸的红糟!

——徐志摩

再不见雷峰，雷峰坍成了一座大荒冢/顶上有不少交抱的青葱；/顶上有不少交抱的青葱/再不见雷峰，雷峰坍成了一座大荒冢。

为什么感慨，对着这光阴应分的摧残?/世上多的是不应分的变态/世上多的是不应分的变态；/发什么感慨，对着这光阴应分的摧残?

为什么感慨：这塔是镇压，这坟是掩埋/镇压还不如掩埋来得痛快！/镇压还不如掩埋来得痛快/发什么感慨：这塔是镇压，这坟是掩埋。

再没有雷峰；雷峰从此掩埋在人的记忆中：/像曾经的幻梦，曾经的爱宠；/像曾经的幻梦，曾经的爱宠；/再没有雷峰；雷峰从此掩埋在人的记忆中。

——徐志摩

北方的冬天是冬天/满眼黄沙漠漠的地与天：/赤膊的树枝，硬搅着北风先——/一队队敢死的健儿，傲立在战阵前！/不留半片残青，没有一丝粘恋/只拼着精光的筋骨；凝敛着生命的精液/耐，耐三冬的霜鞭与雪拳与风剑/直耐到春阳征服了消杀与枯寂与凶惨/直耐到春阳打开了生命的牢监，放出一瓣的树头鲜！/直耐到忍耐的奋斗功效见，健儿克敌回家酣笑颜！/北方的冬天是冬天！/满眼黄沙茫茫的地与天；/田里一只困顿的黄牛/西天边画出几线的悲鸣雁。

——徐志摩

无间的友情

朋友，我不愿意在人多的场合/说许多话，我看不出说话的好处；/但请相信，如果你要心里舒服/要么不说，要么说话的只你一个。

——普希金

你怎么了，告诉我，小兄弟?/你苍白得像个渎神的人/头发都乱莲蓬地耸起！/可是你和一个妙龄女郎/在篱墙的后面被人捉双/于是你被看成了贼/那看守人紧追着你不放？/也许是你白日见了鬼/也许是为了深重的罪/狂暴的灵感在把你折磨/你竟然要写一首诗歌?

——普希金

我们的玫瑰花儿/哪里去了，我的友人?/啊，玫瑰早萎谢了/朝霞所发的红润/不要说吧：青春/也就是这样凋落/不要说吧：这就是/我们生命的欢乐！/请为我转告玫瑰：/别了，我怜惜你！/然后再给我指出/百合花的幽居。

——普希金

那荒唐的岁月，已逝去的欢乐/有如酒醉后的昏沉折磨着我；/但和酒一样，往日留下的忧郁/在心里愈久，愈变得强烈有力/我的路是凄凉的。啊，坎坷的未来!

你汹涌的海洋只给我辛劳和悲哀/然而，朋友，我还不愿意了此一生/我要活下去，好可以思索和苦痛/我知道，我也会享受种种乐趣/在痛苦、焦虑和日夜操心里。

还有时，我会为乐声而沉醉/我会对着虚构再倾流热泪；/也许，对我忧郁的生命的夕阳/甚至爱情会以临别微笑而放光。

——普希金

要是你对温柔的美人/曾经感到负心的痛惜/要是你曾使别人衔恨/想到这罪咎永远惊悸/要是你难过，记得有人/牺牲在隐秘的痛苦里/那我就无须在这纸本/留下我的往事的追忆。

——普希金

何谓友谊?酒后轻易的烈焰/说人坏话的自由会谈/闲来无事和虚荣心的交换/或者就是遮羞的情面。

——普希金

我在书里发见一朵小花/它早已干枯了，也不再芬芳/因此，我的心里就充满了/许许多多奇异的遐想：

是哪一个春天，在哪一处/它盛开的?开了多长时间?/谁摘下的?是外人还是熟人?/为什么放在这书页中间?

可是为了纪念温柔的相会?/还是留作永别的珍情?/或者只是由于孤独的散步/在田野的幽寂里，在林阴?

是他还是她?还在世吗?/哪一个角落是他们的家?/啊，也许他们早已枯萎了/一如这朵不知名的小花?

——普希金

我们走吧，朋友，无论是到哪里/只要你们想去的地方，我都愿意/到处跟着，只要和那骄人儿离远；/是不是要到遥远的中国长城边/或者喧腾的巴黎，或者哪一处；/塔索已不再歌唱午夜的船夫/古城的繁华已在灰烬下安睡/只有柏树林子还散发着香味?/哪儿都行。我们走吧……只是，请问：/我的热情会不会在飘泊中消沉?/我可会冷落这骄傲、磨人的少女?/或者在她脚下，对她幼稚的怒气/仍旧和往常一样，奉献我的爱情?

……

——普希金

无言的，坐在你面前/我白白地感到痛苦/我望着你也是枉然；/幻想留在我的心坎/我不能照实对你说出。

——普希金

最后一次了，我柔情的朋友/我来到你的居室中/在这最后一刻，让我们享受/安静的；欢乐的爱情/以后，独自恹恹期望也枉然/请别再暗夜里等我/啊，在破晓的曙光透露以前/也不要再点燃烛火。

——普希金

你永远别去戏弄/那些头脑昏聩的小市民/那些心地狭隘的蠢人/在我们的戏谑中/只有宽广而聪慧的心灵/始终能发现友爱之情。

——海　涅

“亲爱的朋友，你干什么/老是把那旧调重弹？/你想永远温着旧梦/孵那陈旧的爱情之蛋?/“唉！这永远是作茧自缚/从蛋壳里爬出了雏鸡/它吱吱喊叫，扑动翅膀/你又把它关在书里。”

——海 涅

我不跳祭神舞，也不对神祇焚香祷告/它们表面披金裹银，骨子里却泥塑木雕；/我不握背地里糟蹋我名字的坏小子的手/他们当面对我嘻嘻哈哈，然而笑里藏刀。

我不在妖冶的仕女面前低首下心/她们无耻地将自己的丑行炫耀；/我不跟着愚民一起当牛做马/他们甘愿拉着偶像的凯旋车奔跑。

我清楚，傲岸的橡树难免倾倒的命运/溪畔的芦苇却凭着柔软灵活的腰肢/无论何时总能在风风雨雨中站住脚/可告诉我，芦苇的前途又将怎样?/真幸运啊：能充当浪荡子的游杖/能做成擦靴匠拍打衣裳的掸灰条！

——海 涅

我嗤笑索然无味的纨绔子/他们瞪着我，山羊似的一脸蠢相；/我嗤笑老奸巨猾的狗密探/他们嗅着我，把鼻子伸得来老长。

我嗤笑学识渊博的猢狲/他们自我鼓吹，俨然精神界的法官；/我嗤笑胆小怯懦的恶棍/他们恐吓我，用毒汁浸过的刀和箭。

纵令我们幸福所必需的一切/已被命运的双手捣毁砸烂/扔到了我们的脚边；

纵令我们身体里的心/已被撕裂，已被割破，已被刺穿——/洪亮而高昂的笑声仍将我们陪伴。

——海　涅

欢笑和歌唱！太阳照耀着/闪烁的光芒。水波摇荡着/快乐的轻舟。我坐在舱中/伴着亲爱的朋友，心情很轻松。

小船遭难，被撞得粉碎/朋友们又都不会游水/他们在故国化作波臣；/我却被刮到塞纳河滨。

我和一些新的知交/登上了新船；异国的波涛/汹涌着将我东漂西荡——/故国迢迢！我心忧伤！

又是一片欢笑和歌唱——/大风呼啸，船板震响——/天上没有一颗星照耀——/我心忧伤！故国迢迢！

——海　涅

朋友，别嘲笑魔鬼/生命的旅程实在短暂/还有那永劫不复之苦/也并非愚民的妄念。

朋友，快偿清债务/生命的旅程实在漫长/将来你难免还要借债/就像过去经常那样。

——海　涅

穿着花哨的带衬架的女裙/涂脂抹粉的香腮贴上美人痣/穿着绣花的喙形尖头鞋子/塔髻高梳，黄蜂腰束得紧紧。

从前，当冒牌缪斯姗姗来临/将你拥抱，就如此打扮装饰/而你，你却避开她，置之不理/怀着莫名的冲动继续探寻。

你在古代荒野里见一座宫殿/有个绝色的少女在那里酣眠/她中了魔术，仿佛可爱的石像。

魔术却立即解除，靠你的关怀/德国真正的缪斯微笑着醒来/投入了你的怀抱，如醉如狂。

——海　涅

世界是一条宽大的公路/我们世人像旅客一般；/骑马、步行、奔走匆匆/仿佛急使或是赛跑员。

迎面走过，点头招呼/又在马车里挥动手帕；/我们很想拥抱和亲吻/可是马蹄儿无法停下。

刚在同一个驿站相逢/亲爱的亚历山大王子/马车夫已在吹号开车/又吹得我们各自东西。

——海　涅

如果人家背叛了你/那你更要加倍忠诚；/如果你的心郁闷得要命/那你就快去拿起七弦琴。

拨动琴弦！唱起英雄赞歌/让歌声像火一般炽热！/这一来

怒气就会消解/你的心就会甜蜜地流尽血。

——海　涅

不朽/只是你的比喻！/尴尬的上帝/被诗人骗取……

滚滚世界车轮/把一个个目的辗碎/怨者称这是痛苦/愚者称这是游戏……

主宰一切的世界游戏啊/混淆着真实与虚伪/而永恒的愚蠢/将我们卷入其中……

——尼　采

不过几年前，你和我还是/至少名分上，最好的朋友/孩子心灵的快乐和诚实/使我们的情谊真纯耐久。

如今，正像我，你也已熟知/有多少俗务困扰心境/人们相爱不管多深挚/转眼就忘得一干二净。

早岁的友情竟这样脆弱/人类的心胸竟这样善变/一个月，甚至一天的间隔/就使你的心与我疏远。

既如此，我也无需乎痛惜/失去了一个朋友的友情/只怪造物主，不能怪你：/是他造成你如此无恒。

正如那海潮升沉不定/人的情愫也有涨有消/谁会相信有这样的心灵——/汹涌的热情永远是高潮?

你和我从小在一处生长/童年充满欢乐和笑容/又怎能留住我飞逝的韶光/又怎能让你长久是孩童？

我们永别了儿时岁月/成为浮华世界的走卒/向“真诚”告辞，在这座世界/最高洁的灵魂也难免受污。

欢畅的季节！当一颗童心/什么都敢做，只除了谎骗/自由的心思呵无拘无禁/快乐的眼睛呵光辉闪闪。

——拜 伦

这些姓名不负你奇丽的湖光：/卢梭，伏尔泰，德斯达，我们的吉本；/人杰地灵，即使再没有别人/他们也足以唤起你深情的回想/对他们，对众人，你佳景并无两样/他们却使这胜境更饶丰韵；/宏论卓识像罡风震撼人心/留下的旧址颓垣也备受敬仰/小舟轻荡，掠过你碧波晶莹/莱蒙，瑰丽的名湖！我们望着你/充满了炽烈而绝非狂妄的豪情/想到不朽的盛业有人承继/为这些后起之秀感到骄矜/让“光荣”获得生命，畅然呼吸！

——拜 伦

溃退的爱情，任凭它崩断！/你的情谊却万世难消；/你心肠善感，却从不变换/你灵魂柔顺，却永不动摇。

一切都失去，惟有你不变/你那忠实可靠的胸怀！/这世界原来并不是荒原——/甚至对我也未尝例外！

——拜 伦

深蓝眼珠的乡下姑娘/笑盈盈，在这乐园里漫步/赠给我鲜花，娇蕾初放；/诸侯的楼塔凌空高矗/绿荫里隐现灰暗的墙垣；/陡峭的峻岩颦眉怒目；/残破的拱门傲态俨然/俯瞰着葡萄成荫的幽谷/莱茵河两岸应有尽有——/只欠你与我携手同游！

这一束百合，我投寄给你/只怕还不曾到达你手/它们就已经萎谢无遗/但愿你不致拒绝收受/对它们，我曾百般珍惜；/想它们终会到你眼前/指引你神魂前来此地/你一见它们憔悴的芳颜/便知是采自莱茵河滨/是我的心灵敬献的礼品!

——拜　伦

我的小艇在岸边/我的帆船在海上/启程前，两番举盏/祝汤姆·穆尔健康！

爱我的，我报以叹息/恨我的，我置之一笑/任什么天气和运气/这颗心全已准备好！

大海虽汹汹吼叫/也必得载我向前；/沙漠虽茫茫环绕/也有可觅的甘泉。

——拜　伦

谨祝你如意！如果是永别/那就谨祝你永远如意！/这颗心即使不能谅解/对你，它也决不会叛逆。

——拜　伦

为父王的耻辱，王国的衰颓/你尽情哭泣吧，皇家的公主！/但愿你的每一滴泪水/能洗掉父亲的一桩错处。

你的眼泪是“美德”的眼泪/将为这多难的岛国造福/人民将会在未来的年岁/用微笑报答你每一滴泪珠。

——拜　伦

傍晚，我们坐船航行在静静的河上/淡红色的槐树映出灼灼的光华/淡红色的云多辉煌。可是我视而不见/我只看到你的头发上插戴的李花。

你露出笑容，坐在彩船的船头上面/在你熟练的手里抱着一只琵琶/你在歌唱一曲神圣的祖国之歌/而从你的眼睛里射出青春的火花。

我默然站在桅杆之旁，但愿做这/炯炯的眼睛的奴隶，永远无止无休/在幸福的痛苦里永远听你的歌声/听你如花的素手进行的悦人的弹奏。

——黑　塞

放心大胆地滑向冰面/那儿没有勇敢的先行者/为你开路，你会发现/道路要你自己为自己开辟！/别激动，我亲爱的心/即使冰嚓嚓响，但不会破碎/即使冰破碎了，你也不会碎！

——歌　德

怯懦的思想/胆小的动摇/畏葸的踌躇/忧戚的怨诉/不能使你自由/免除你的痛苦。

始终保持骄傲/永远昂首挺立/显示你强壮有力/这样就会招来/诸神的臂助。

——歌　德

要求我们彼此相爱。但是，问题在于一个人是因自己还是因别的什么而被爱。如果仅因其本人，我们欣赏他，如果为了别的利益，我们利用他。对我来讲，好像是为了别的什么利益才被爱的，因为，如果一事物因其本身而被爱，在享受爱之时是幸福的，至少有得到幸福的希望。即使这不是现实，至少在目前能给我们以安慰。但是，把希望寄托在人身上是要受诅咒的。

——奥古斯丁

朋友不可能在床上推心置腹、披肝沥胆。人们说，夫妻在床上可以敞开心灵对话，一些老夫老妻常常躺着，聊着过去的事情，直到天明。

——麦尔维尔

我在梦中看见一座城市，可以抵御地球上一切进攻。

这就是朋友的新城。

——惠特曼

友谊这个神圣的情感，具有如此甜蜜，坚韧、忠诚、持久的特性，只要不涉及借钱的问题，它可以延续整整一生。

——马克·吐温

如果想做最幸福的人，这是出于其自身善良悦人的天性，其友人亦如是，有一个挚友则必然是其愿望之一。渴望得到的必须得到，否则便成为缺憾，因此，向往幸福的人需要品格高尚的挚友。

——亚里士多德

我把我的心灵献给多尔第的作者/且让我拥抱你，让我向你庆祝!……/我读了，朋友，我读了你的作品/我的心头充满了无限的欢乐。

假如我的心灵接近了你，又使你燃烧；/这不是我的错处……是你先使它燃烧了！/你从哪里得到那么多的美好、绮丽/使你的这作品这样地辉煌、闪耀?

你是谁呀?你正像是火山一样/从那深深的海底突然地出

现/别人只能获得桂冠上一片片叶子/对于你，却应当献给整个的桂冠。

谁是你的老师?你在哪里求学?/弹奏你的琴的正是艺术家的手腕/在学校里，谁也不能学到这些/这无须多想……教会你的只有大自然。

你的歌，像草原上的铃铛一样单纯/而且也一样清新，像草原上的铃铛/它的叮铃声响遍了整个草原/世上的嘈杂阻止不了它的声浪。

那正是真正的诗人，他让他心头的/上天的甘露，滴到人民的口中/穷苦的人民！他们的眼界被遮着/从乌云的间隙里，望不见天空。

假如谁也不来减轻他们的痛苦/我们诗人就来安慰他们，为他们歌唱/让我们的每一首歌都是一次慰问、/一个甜蜜的梦，在他们的太硬的床上！——

在我的头脑里有着这样的思想/当我走上诗人的神圣的山的时候；/我那并非不光荣地开始了的东西/你就十分光荣地继

承下去，我的朋友!

——裴多菲

难得，夜这般的清静/难得，炉火这般的温/更是难得，无言的相对/一双寂寞的灵魂!

也不必筹营，也不必详论/更没有虚娇，猜忌与嫌憎/只静静的坐对着一炉火/只静静的默数远巷的更。

喝一口白水，朋友/滋润你的干裂的口唇；/你添上几块煤，朋友/一炉的红焰感念你的殷勤。

在冰冷的冬夜，朋友/人们方始珍重难得的炉薪；/在这冰冷的世界/方始凝结了少数同情的心!

——徐志摩

我昨夜梦入幽谷/听子规在百合丛中泣血/我昨夜梦登高峰/见一颗光明泪白天坠落。

古罗马的郊外有座墓园/静偃着百年前客殇的诗骸；/百年后海岱士黑辇的车轮/又喧响在芳丹卜罗的青林边。

说宇宙是无情的机械/为甚明灯似的理想闪耀在前?/说造化是真善美之表现/为甚五彩虹不常住天边?

我与你虽仅一度相见——/但那二十分不死的时间!/谁能信你那仙姿灵态/竟已朝露似的永别人间?

——徐志摩

朋友，这干着急有什么用/喝酒玩吧，这槐树下凉快；/看槐花直掉在你的杯中——/别嫌它：这也是一种的爱。

——徐志摩

(朋友，我懂得那一条骨鲠/难受不是?——难为你的咽喉;)/“看那草瓣上蹲着一只蚱蜢/那松林里的风声像是箜篌。”

(朋友，我明白，你的眼水里/闪动着你真情的泪晶;)/“看，那一只蝴蝶连翩的飞；/你试闻闻这紫兰花馨!”

(朋友，你的心在怦怦的动；/我的也不一定是安宁;)/“看，那一双雌雄的双虹！/在云天里卖弄着娉婷;”

(这不是玩，还是不出口的好/我顶明白你灵魂里的秘密:)/“那是句致命的话，你得想到/回头你再来追悔那又何必!”

——徐志摩

这岂是偶然，小玲珑的野花！/你轻含着鲜露颗颗/怦动的，像是慕光明的花蛾/在黑暗里想念焰彩，晴霞；

我此时在这蔓草丛中过路/无端的内感惘怅与惊讶/在这迷雾里，在这岩壁下/思忖着，泪怦怦的，人生与鲜露?

——徐志摩

友谊是灵魂的结合，这个结合是可以离异的，这是两个敏感、正直的人之间心照不宣的契约。我所谓“敏感”，因为教士、隐士虽不会令人生厌，却也不知友谊为何物。我所谓“正直”，是因为邪恶之人只有同谋，酒色之徒只有狂饮暴食的酒肉朋友，以自我为中心的人只有同伴，政客只有党徒，来者不拒的懒人只有附属品，王子只有廷臣，只有正直的人才有朋友。

——伏尔泰

友谊的一大奇特作用是：如果你把快乐告诉一个朋友，你将得到两个快乐；而如果你把忧愁向一个朋友倾吐，你将被分掉一半忧愁。

——培　根

得不到友谊的人将是终身可怜的孤独者。没有友情的社会，则只是一片繁华的沙漠。

——培　根

友谊的第一种用途是能颐养和支配感情，第二种用途是能颐养和支配理智。因为友谊不仅能使人走出狂乱的感情沼泽而步入和暖的春天，而且还能使人摆脱胡思乱想而进入理性的思考。这也可以被理解为朋友的忠告受到接纳。当他与朋友交谈时，他的才智和理解力就会变得清朗而又缜密；他就能变得比从前更加聪明，因为就所得到的智慧而言，一小时的谈话远胜于一天的沉思。第米斯托克利对波斯王说得好，他说："言语就像一块展开的花毯，图案显露在外；而思想则犹如卷起来的花毯图案深藏其中。"一个人能通过与他人交谈而增加见识，把自己的思想暴露于外，如同在石头上砺刃。一个人与其让自己的思想窒息，不如做一个雕凿石块的匠人。

——培　根

没有真正的朋友才是一种纯粹而可悲的孤独，没有真正的友谊这个世界只是一片荒野；而即便是在这种意义上的荒野里，若有人天性中缺乏交友的倾向，那他的天性也是来自兽类，而非来自人类。

——培　根

我们曾是朋友，但时下形同陌路。事实确也如此，用不着隐瞒和佯装，好像羞于言及似的。

我们是两艘船，有各自的目的地和航线。我们可能在航行中交会，同庆节日，而且已经这样做了。此后，两艘勇敢的船只静泊于同一个海港和同一个太阳下，看似二者皆达目的。

然而，我们各自的使命有着强大无比的力量，它旋即驱散我们至不同的海域和航线，或许，我们再也无缘相会了；或许，纵然相会也彼此不复相认，因为不同的海域和阳光已把我们改变了！

我们彼此必然成为陌生人，这是控驭我们的铁则！惟其如此，我们彼此应该更加尊重才是！对往昔友谊的忆念应该更加神圣才是！肯定会存在茫无际涯的曲线和星儿运行的轨道，我们各自的航线和目标仅为其中一个短距离罢了。让我们把自己升华至这一理念吧！

人生苦短，我们的视力无奈过于微弱，以至于不可能超越崇高的朋友关系。如此，让我们还是信奉似天上星儿一般的友谊吧，即使我们彼此不得不成为地球上的敌人。

——尼　采

无限的激情

星星也许会失踪，那光明的源泉/也许会沉入无穷的混沌与黑暗/高楼大厦有一天会倾圮，陆地会沉陷/但你的勇气，啊，爱林，决不会稍减。

你看，满目是荒凉的断垣废墟；/坍塌尽了，我们祖先的故居；/敌人的铁蹄践踏着我们的国土/我们最顽强的英雄在沙场上捐躯。

啊，寂灭了，那给人带来欢乐的琴音；/啊，沉默了，我们乡野间狂欢的歌声；/唯闻战歌之声昂扬，刀枪在交锋；/厮杀的呐喊可怕地在我们耳畔绕萦。

啊！英雄们在哪里?胜利地殉难/他们昏迷地倒卧在溅满鲜血的莽野间；/也许，他们的忠魂驾着炮火的硝烟/“同胞们！报仇泄恨！”他们连连呼喊。

——雪　莱

啊，伟大的心灵，在你深深的激流中/这时代，像一叶芦苇在无情的风暴里摇动/但你为了什么，克制不了自己神圣的愤怒?

——雪　莱

哦，燃烧吧，你神圣的太阳！/正如在上升的曙光之前/这一盏油灯变得如此黯淡/虚假的学识啊，你也就要黯淡、死亡/在智慧的永恒的太阳前面/祝太阳万岁，黑暗永远隐藏！

——海　涅

你好！欢乐的精灵！/你何尝是鸟？/从悠悠的天庭/倾吐你的怀抱/你不费思索，而吟唱出歌声曼妙。

你从地面升腾/高飞又高飞/像一朵火云/扶摇直上青冥/在歌声中翱翔，在翱翔中歌吟。

——雪　莱

雄伟的鹰！你翩翩飞翔/在那迷雾笼罩的山间森林之上/你

疾驰在朝暾的光芒里/像一朵祥云飘飞/当夜幕降临，暴风雨快来到/你傲然蔑视那乌云韵警告！

——雪 莱

我赐给花朵、虹霓和流云/以它们晶莹的色彩，月神的圆球/还有那永恒的闺阁中的纯洁星星/都蒙受我的力量，像披上了锦绣：/人间天上的无论什么灯火/都是我力量的一部分，都属于我。

——雪 莱

我憎恨你，垮台了的暴君！/像你这么个最卑贱不过的奴才/在自由的墓畔手舞足蹈，真使我愤慨/你本来可能在你那宝座上坐稳/但你贪嗜那血腥的过眼繁华/它却已被时光冲洗得无踪无影/但愿叛卖、奴役、贪婪、恐惧、肉欲和屠杀/伴你长眠——你就是它们的主人；/而且让它们把你闷死。有一点/可惜我知道得太晚，因为你和法兰西/都已经一败涂地：除开暴力和欺骗/美德还有一个更长久的仇敌；/那就是陈旧的风习，合法的罪行/和时间的最丑恶的产物，血淋淋的迷信。

——雪 莱

讴歌自然的诗人，你曾经挥着泪/看到事物过去了，就永不复返；/童年、青春、友情和初恋的光辉/都像美梦般消逝，使你怆然/这些我也领略。但有一种损失/你虽然明白，却只有我感到惋惜：/你像一颗孤星，它的光芒照耀过/一只小船，在冬夜的浪涛里；/你也曾像一座石砌的避难所/在盲目纷争的人海之中屹立/在光荣的困苦中，你曾经吟唱/把你的歌献给真理与自由之神——/现在你抛弃了这些，我为你哀伤/前后相比，竟至于判若二人。

——雪　莱

我是剑，我是火焰。

黑暗中我将你们照亮，战斗开始/我冲杀在前，在斗争第一线。

在我周围，躺着战友们的尸体/可是我们已经胜利。我们已经/胜利，可周围躺着——战友们的/尸体。在热烈欢腾的凯歌声中/回响着哀悼死者的合唱曲。然而/我们既没有时间欢乐，也没有时间/哀泣。投入新的战斗的号角已经/吹起——

我是剑，我是火焰。

——海　涅

在狂乱的咖啡馆之无鸟的天空下/我们常常坐着，当忧郁的时辰浮响开来！/当音乐的理想疾速地拍击着/像海鸥一样/紧紧从我们耳旁擦过/没有什么地方，可以在墙壁里挤出空间来。

异国的植物开花开得更浓艳了/你闭上了眼睛/两极的冰块/就会互相撞击/于是古老的狭湾啜泣起来/敞开你的胸怀!发生了什么?张开眼睛吧！/是什么打碎了骚乱?是什么喝令漩流停止?/那边桌旁坐着黑服的女士/突然间发出响声/是小姐用双手捂着脸哭泣。

孤单的一切相互撞击着/而哭泣的声音必然变成法律/人们都站着哭泣/庄严地涌流着/连侍者手里的盘子都在颤动。

我们这些碎片，在哭泣中都变成容器/谁懂得眼泪，谁就知道集体为何物/我们是海洋，兄弟，我们航行着/永远航行着/我们的心在大洋之上划着。

寂寞者的痛苦，你不朽的孩子！/我们的泪水流淌着，这神性的芬芳的血液/啊哈，我们用泪水浇灌着/伊甸园的甜菜/兄弟姐妹们，我们的乐土变肥沃了。

——维尔弗尔

我是你的，我的祖国！都是你的/我的这心、这灵魂；/假如我不爱你，我的祖国/我能爱哪一个人?

我的胸膛恰似一座教堂/你的形像是神坛/只要你存在：这教堂为了你毁坏/我也十分情愿；

这毁坏了的胸膛，它的最后的/祷告依然是：/“我的上帝，给祖国祝福吧/祝福它，我的上帝!”

但是，我不告诉任何人/也不大叫大嚷：/“只有你才是我的最亲爱的/在全世界上。”

我暗暗地跟着你的脚步/永远也不变心；/不像影子一样，它只在阳光下/跟着过路人。

但是，黄昏越来越近了/影子也越来越长：/我的祖国，你头上的天空越黑暗/我的心也越凄凉。

我到那里去了，那里忠心的人们/举起了酒杯/请求着命运：给你的神圣的生命/加上新的光辉；

纵使我的眼泪把瓶里的美酒/变成了苦汁/我还是把这一瓶酒都喝了/喝完最后的一滴!

——裴多菲

愤怒遮遍了大地/愤怒布满了天空！/太阳的光线照着/在鲜红的血河中！/太阳沉下于大海/紫色的波浪重重！/前进，战士们/前进，匈牙利人!

苍白的太阳望着/透过了黑的云朵/惊心动魄的武器/在烟雾之中闪烁/黑黝黝地弥漫着/烟云阵阵的炮火/前进，战士们/前进，匈牙利人！

——裴多菲

是我吗，有一个时期/以为生活只是诅咒?/是我吗，夜的幽灵似地/在地面上漫游?/惭愧之火燃着/把我的脸烧红了!——/生活多么甜蜜/世界多么美好!

消逝了，我的奔放的/青年时代的狂风/尽向我微笑着/苍天的蓝蓝的眼睛/好像是母亲们/向着她们的孩子微笑——/生活多么甜蜜/世界多么美好!

——裴多菲

这青年的手臂拿起琴来/他的琴弹出了他的心情/这烈火的心情飞行着/像鸟儿张着歌的翅膀飞行。

这奇妙的歌飞上天空/又把光荣的星带到世间/它为了诗人的额头/编成了星光的冠冕。

但歌的甜蜜却是毒药/这诗人拨动了琴弦/弹出他的心的朵朵鲜花/就是他生命的宝贵的时间。

心情的火焰变了地狱/他自己成了火焰的牺牲；/只有一小枝的生命之树/依傍着他在大地上留存。

——裴多菲

我又听到了云雀唱着/我已经全然将它忘记/唱吧，你春天的使者! /唱吧，亲爱的，这使我欢喜!

上帝! 这多么感动了我/作战之后，这甜蜜的歌唱/啊，正如清冷的流水/洗濯着焦灼的创伤。

唱吧，啭鸣吧，亲爱的小鸟！/使我记起来了，这声音/我不仅是杀人的工具，兵/我也是一个人，一个诗人。

你的歌声使我记起了/记起了爱，记起了诗/也记起这两位女神的祝福/在过去、在未来的日子。

——裴多菲

斗争是我一生中/最好的思想/心为了自由/而流血的斗争!

全世界只有唯一神圣的东西/只有它，值得用我们的武器/去挖掘我们的坟墓/为了它，我们应该流血；

这神圣的东西就是自由！/一切为了别的目的/而牺牲了的人们/都只是疯子。

全世界的和平，和平/但不要暴君随意赏给我们/唯有自由的神圣的手/才能给我们和平。

——裴多菲

美利坚，你更加幸运/不像我们的古老大陆；/你没有倾圮的宫殿/没有玄武岩/在你的内部/既没无用的回忆/也没无谓的争吵/干扰你，当你生气蓬勃。

好好利用眼前的时光！/你的孩子们要是做诗人/愿他们交好运，千万/别去写骑士、强盗和幽灵。

——歌　德

本国既没有自由可争取/为邻国的自由战斗！/去关心希腊、罗马的荣誉/为这番事业断头！

为人类造福是豪迈的业绩/报答常同样隆重/为自由而战吧，在哪儿都可以！/饮弹，绞死，或受封！

——拜 伦

你是不眠者的太阳，忧郁的孤星！/颤栗着，你清辉远射，泪眼晶莹/展示着你无力驱除的茫茫暗夜/你多像记忆中萦回不去的欢悦！/“往昔”，那异日的光波也荧荧闪射/它柔弱的光华却没有一丝温热/“忧伤”伴守着、谛视着这暗夜的幽光——/清晰，却辽远，晶亮，却这样冰凉!

——拜 伦

去吧，你浓艳的景色，你玫瑰的园圃！/让富贵的宠儿在你们那里遨游；/还给我巉岩峻岭——白雪的住处/它们早已献给了爱情和自由/喀利多尼亚! 我爱慕你的山岳/尽管皑皑的峰顶风雨交加/不见泉水徐流，见瀑布飞泻/我还是眷念那幽暗的洛奇纳伽！

——拜 伦

啊，暴风雨后残留的乌云！/你独自曳过了明亮的蓝天/唯有你投下了忧郁的阴影/唯有你使欢笑的日子不欢。

不久以前，你还遮满了苍穹/电闪凶恶地缠住你的躯体/于是你发出隐秘的雷声/把雨水泻满了干渴的大地。

够了，躲开吧！时令已变换了/土地已复苏！雷雨消逝无踪；/你看那微风，轻轻舞弄着树梢/正要把你逐出平静的天空。

——普希金

我的白昼晴朗，我的黑夜幸福/当我弹起诗琴，人民都向我欢呼/那时我的歌是空气和火焰/煽动一些美丽的热烈的情感。

我的夏天还在开花，可是我已经/把收获向我的仓库里运送——/许多事物使世界这样可贵、可爱/可是这些事物我如今就要离开。

乐器从我的手里落下。那只酒杯/我曾经愉快地放在骄傲的唇边/如今它打碎了，碎成许多碎片。

神啊！死亡是多么丑恶可悲！/神啊！在这甜美亲切的人间/生活有多么亲切，有多么甜美！

——海　涅

我想——我想开放我的宽阔的粗暴的嗓音/唱一支野蛮的大胆的骇人的新歌；/我想拉破我的袍服，我的整齐的袍服/露出我的胸膛、肚腹、肋骨与筋络；/我想放散我一头的长发，像一个游方僧似的/散披着一头的乱发；/我也想跣我的脚，跣我的脚，在搀崖似的道上/快活地，无畏地走着。

我要调谐我的嗓音，傲慢的，粗暴的/唱一阕荒唐的，摧残的，弥漫的歌调；/我伸出我的巨大的手掌，向着天与地，海与山/无餍地求讨，寻捞；/我一把揪住了西北风，问他要落叶的颜色/我一把揪住了东南风，问他要嫩芽的光泽；/我蹲身在大海的边旁，倾听她的伟大的酣睡的声浪；/我捉住了落日的彩霞，远山的雾霭，秋月的明辉/散放在我的发上，胸前，袖里，脚底……/我只是狂喜地大踏步地向前——向前——/口唱着暴烈的，粗伧的不成章的歌调；/来，我邀你们到海边去，听风涛震撼天空的声调；/来，我邀你们到山中去，听一柄利斧斫伐/老树的清音；/来，我邀你们到密室里去，听残废的/寂寞的灵魂的呻吟；/来，我邀你们到云霄外去，听古怪的大鸟/孤独的悲鸣；/来，我邀你们到民间去，听衰老的，病痛的/贫苦的，残毁的，受压迫的，烦闷的，奴服的/懦怯的，丑陋的，罪恶的，自杀的——和着深秋的/风声与雨声——合唱的“灰色的人生”!

——徐志摩

山，我不赞美你的壮健/海，我不歌咏你的阔大/风波，我不颂扬你威力的无边；/但那在雪地里挣扎的小草花/路旁冥盲中无告的孤寡/烧死在沙漠里想归去的雏燕——/给他们，给宇宙间一切无名的不幸/我拜献，拜献我胸肋间的热/管里的血，灵性里的光明；/我的诗歌——在歌声嘹亮的一俄顷/天外的云彩为你们织造快乐/起一座虹桥/指点着永恒的逍遥/在嘹亮的歌声里消纳了无穷的苦厄!

——徐志摩

壮观! 仿佛跳出了人生的关塞/凭着智慧的明辉，回看/这伟大的悲惨的趣剧，在时空/无际的舞台上，更番的演着——/我驻足在岱岳的顶巅/在阳光朗照着的顶巅，俯看山腰里/蜂起的云潮敛着，叠着，渐缓的/淹没了眼下的青峦与幽壑：/霎时的开始了，骇人的工作。

——徐志摩

风，雨，雷霆，山岳的震怒——/猛进，猛进! /矫捷的，猛烈的：吼着，打击着，咆哮着；/烈情的火焰，在层云中狂窜：/恋爱，嫉妒，咒诅，嘲讽，报复，牺牲，烦闷/疯犬似的跳着，追着，嗥着，咬着/毒蟒似的绞着，翻着，扫着，舐着——/猛进，猛进！/狂风，暴雨，电闪，雷霆：/烈情与人生!

——徐志摩

我亦愿意赞美这神奇的宇宙/我亦愿意忘却了人间有忧愁/

像一只没挂累的梅花雀/清朝上歌唱，黄昏时跳跃——/假如她清风似的常在我的左右!

我亦想望我的诗句清水似的流/我亦想望我的心池鱼似的悠悠；/但如今膏火是我的心/再休问我闲暇的诗情?——/上帝!你一生不还她生命与自由!

——徐志摩

因为我的闪电是这样出色/你们就以为，我不能雷鸣! /你们搞错了，因为我同样/有一种打雷的本领。

一旦那正当的日子来到/这本领就恐怖地得到证明；/你们将要听到我的声音/是长空霹雳；风雨雷霆。

暴风雨将要在那一天/甚至把一些槲树吹倒/一些教堂的高塔要倒塌/一些宫殿也将要动摇!

——海　涅

忧郁的眼里没有眼泪/他们坐在织机旁，咬牙切齿：/“德意志，我们在织你的尸布/我们织进去三重的诅咒——/我们织，我们织!

“一重诅咒给那个上帝/饥寒交迫时我们向他求祈；/我们希望和期待都是徒然/他对我们只是愚弄和欺骗——/我们织，我们织!

“一重诅咒给阔人们的国王/我们的苦难不能感动他的心肠/他榨取我们最后的一个钱币/还把我们像狗一样枪毙——/我们织，我们织!

“一重诅咒给虚假的祖国/这里只繁荣着耻辱和罪恶/这里花朵未开就遭到摧折/腐尸和粪土养着蛆虫生活——/我们织，我们织!

“梭子在飞，织机在响/我们织布，日夜匆忙——/老德意志，我们在织你的尸布/我们织进去三重的诅咒/我们织，我们织!”

——海　涅

德意志的歌手! 你要歌唱和/赞颂德意志的自由/让你的歌激励我们的心灵/用马赛曲的曲调/鼓舞我们投入战斗。

再不要像维特那样哀鸣/他的心只为着绿蒂燃烧——/时代的钟声已经敲响/快向你的人民发出警号/你的诗应是匕首、战刀!

别再像软绵绵的长笛/抛弃那牧歌般的情调——/你要成为祖国的号角/成为它的大炮、重炮/去吹，去吼，去轰，去杀!

每天去吹，去吼，去轰/直至最后的压迫者逃掉——/永远为着这个目标歌唱/同时却要让你的诗篇/尽可能地通俗明了。

——海　涅

英国人，何苦为地主耕植/他们把你们当牛马来驱使?/何苦辛勤地、细心地织造——/为你们的暴君织造锦袍?

那群忘恩负义的雄蜂/他们从出生以至寿终/全由你们保护，给吃给穿/却把你们的汗水，不，血液舔干!

英国的工蜂，你们为何打造刀剑/冶铸出钢鞭与铁链/让无刺的雄蜂持以掠夺/你们被迫劳动的产物?

你们曾否享受闲暇、安宁和舒适/居室、食物和爱情的香脂?/否则你们受苦受难受惊慌/代价这么高，得了什么报偿?

你们播种，别人收获/你们创财富，别人去掌握；/你们缝衣裳，都让别人穿/你们铸武器，别人挂腰间。

播种——但不许暴君搜刮；/创造财富——但不许骗子讹诈；/织布缝衣——不给懒汉穿/铸造武器——保卫自己的安全。

还是钻进你们的地窖和破屋去/把你们造的楼厦让别人安居；/何必挣脱你们自己铸的铁链?/看，你们炼的钢对你们瞪着眼。

用你们的铁锹和犁锄/挖好你们自己的坟墓/用织布机织好你们的尸衣/等候美丽的英伦变成你们的墓地。

——雪　莱

奋起，奋起，奋起！/这不给你们面包吃的国度，遍地血流如注/让你们的伤口像眼睛，流出热泪/为那些死难者、死难者、死难者哀哭/还有什么别的不幸值得伤痛若此?/他们是你们的兄弟，你们的儿子，你们的妻子；/谁说他们已在战斗的日子里被杀死?

醒来，醒来，醒来！/奴隶和暴君是一对孪生的仇敌；/把那冰冷的锁链摔开/砸成泥土——你们的亲人就在这泥土下安息；/他们的遗骨会从坟墓里惊起，疾行/当他们听到他们所爱的人们的呼声/地上的神圣的战斗中最嘹亮的声音。

举起，把旗帜高高举起！/当自由之神腾云驾雾去征战；/虽然给她打扇的奴隶/是饥荒和劳苦，他们面对面悲叹/而你们，跟随在她的宝辇之后/决不要在被指使的战争中举起拳头/

你们是她的儿女，只为保卫她而战斗。

光荣，光荣，光荣/归于你们：你们受尽了痛苦/你们也立下了丰功！/你们将赢得历史上最高的荣誉/征服者们只是征服他们自己的私敌/他们消灭了仇敌的报复、威誉和权力/你们却更威武地驾着你们的令名高飞。

戴吧，戴在每个人的前额/紫罗兰、常春藤和松叶的花冠：/用大自然的神圣的彩色/盖住点点的血斑：/青碧就是希望和万古长青，绿色象征力/然而别把三色堇也织在花冠里/因为你们曾受损害，而三色堇代表着回忆。

——雪　莱

死者们全都惊醒了——我还能睡眠?/全世界都抗击暴君——我怎能退缩?/丰熟的庄稼该收了——我还不开镰?/枕席上布满了荆棘——我岂能安卧！/进军的号角天天鸣响在耳边/我心底发出回声，同它应和……

——拜　伦

海外的自由的儿郎/买到了自由——用鲜血/我们，不自由便阵亡！/除了我们的卢德王/把一切国王都消灭!

等我们把布匹织出/梭子换成了利剑/就要把这幅尸布/掷

向脚下的独夫/用他的腥血来染遍！

他腥血和心一样黑/血管腐烂如泥土/把血水拿来当露水/浇灌卢德所栽培——/我们的自由之树！

——拜　伦

吾王万岁！——苍天和大地的君主！/威严地，他走过云端，走过水面；/铸成他节杖的元素——风、火、水、土/在他的号令下，碎裂成混沌一片！/他呼吸——暴风在大海掀起狂澜；/他说话——乌云以滚滚雷霆作答/他注视一阳光在他目光下逃散/他转动——地震使人间山崩地塌/在他的步履下，火山勃然喷吐；/在他的影子里，瘟神散播疫病；/在他的巡行中，彗星为他开路；/在他的怒火里，星球化为灰烬/战神天天持祭品向他奉献/死神源源将贡物向他交纳；/生命和它的苦难，都由他掌管/世间万类的灵魂，全归他统辖！

——拜　伦

起来，希腊的儿男！/光荣的时刻已到来！/要效法我们的祖先/不枉作英豪的后代！

起来，希腊的儿男！/挥戈向敌人迎战！/让他们腥臭的血川/像河水在脚下奔窜！

让我们高傲地抗拒/土耳其暴君的强权！/让祖国眼见她儿女/站起来，砸碎她锁链！/先王和先哲的英灵/来检阅这场决战! /希腊的列祖列宗/听到号角的呼唤/快从坟墓中苏生/参加我们的战斗！/向七山之城进军/让希腊重获自由！

起来，希腊的儿男！/挥戈向敌人迎战！/让他们腥臭的血川/像河水在脚下奔窜！

醒来吧，斯巴达! 今天/你怎能睡梦沉沉?/同你的老伙伴雅典/联合成无敌的大军！/唤列奥尼达回来——/这历代讴歌的领袖/这刚强可畏的统帅/他曾把你们拯救：/扼守在温泉险关/他英勇牵制敌寇/同波斯军队鏖战/让祖国得保自由；/他率领三百勇士/战斗中，始终挺立/像威猛无敌的雄狮/在滔滔血海中沉溺。

起来，希腊的儿男！/挥戈向敌人迎战！/让他们腥臭的血川/像河水在脚下奔窜！

——拜　伦

自由颂

然而，自由啊，你的旗帜虽破而仍飞扬/招展着，像一阵雷雨迎着狂风。

——拜　伦

1

一个光荣的民族又一次/发出照耀万邦的闪电：自由/把熊熊的火焰直射到天空/从心灵到心灵，从高楼到高楼/在西班牙国土上闪烁着光辉/我的灵魂踢开了沮丧的锁链/雄壮地展开欢歌的翅膀而飞腾/像年轻的鹰高飞在朝霞中间/它张着诗歌的翅膀翱翔，寻觅它熟悉的食物；/它一直飞抵荣誉的天庭/自由精神的旋风将它团团围住/照亮着太空的最遥远的星星/从它背后射来生命之火的光芒，像浪花/尾随疾驶的船，于是从太空深处/传来歌声，我要把这歌逐字记录。

2

先前，太阳和最恬静的月亮/这些燃烧的星球从深渊里飞跃/直射到天心，精巧的地球/宇宙之海洋上的一个岛/披着那养育万物的大气，在空中高悬：/但这最神圣的宇宙还是一片混沌/一场灾祸，因为你还未来临/只有最邪恶的势力层层滋生/野兽的精神、飞禽的精神、/海怪的精神在燃烧、弥漫；/它们互相争斗，它们只感到绝望/无休止、无尽期地互相交战/它们受灾的乳母在呻吟/因为兽跟兽战，虫跟虫战，人跟人战；/每一颗心都像狂风暴雨的地狱一般。

3

于是人，这最高贵的形体/在太阳之宝座的华盖底下/一代代繁殖：对于这芸芸众生/庙宇和监牢，宫殿和金字塔/就像嶙峋的岩洞之于山间豺狼/这亿万圆颅方趾的生灵/都是野蛮、狡猾、盲目而粗暴/因为你还未来临；像一片乌云/悬在茫茫海洋之上，暴君的统治/压住了这喑哑无声的人世/下边，坐着被奉为神的另一个灾星/奴隶的聚集者，恶霸和教士——/黄金和血的贪嗜染污了他们的灵魂——/从四面八方把惊慌失措的人群/驱入这灾星的庞大翅翼的阴影。

4

希腊沉睡的海岬、蓝色的岛屿/她左右两片海水和云块似的山峰/灿烂地沐着宠幸她的天公的慈辉；/预言的声音，从那些神魔的岩洞/传出模糊歌吟的回响/在那无忧的荒原上，谷物、葡萄/和柔软的橄榄，还是野生未经人食用；/仿佛海底的花朵还未吐苞/仿佛人的思想在婴儿脑海中朦胧地孕育/仿佛现有的事物包含着未来的东西/艺术的不朽的梦还深深地埋藏于/培罗斯山中的岩石层里；/诗歌还像不会说话的孩子在牙牙学语；/哲学圆睁着永不合拢的眼睛/盼待着你；于是，在爱琴海之滨——

5

雅典涌现了，像一座幻想的城市：/那紫色的岩石和白银的楼塔仿佛云雾化成/最高明的石匠看了也自叹勿如；/黄昏的天空像是覆盖着它的穹顶/一片沧海是铺在它底下的基石/它的门洞中居住着携带雷电的风/在它云雾之翼底下的每一个尖顶/都戴着日光的灿烂华冠，真是神工！/更神圣的是，闪烁着无数圆柱的雅典城/以人的意志作为自己的基础/就如建筑在一座金刚钻的山峦之上：/因为你来临了，并以你创造一切的才具/用不朽的大理石模拟那些永生的死者/把他们的形象列满了那座山——/你最早的宝座，揭示你最新的意旨的神殿。

6

在时光的匆匆奔泻的水面上/还映着它满脸皱纹的影子/像先前似地映着它总不静止的形态/它永远在颤动，但决不会消失！/你的歌者和哲人的喉音嘹亮/就如唤醒大地的雷声殷殷/响彻了过去的一个个岩穴；/压迫吓得缩手，宗教闭住眼睛；/这鸣响包含着欢乐、爱情和惊奇/它展翅飞翔，直上希望从未达到的高处/把时间空间的帷幕撕得粉碎！/一片海洋喂养着云雾、流水和露珠/一轮红日照耀着整个苍天/一种伟大精神以生命和爱使万象更新/正如雅典使全世界永葆你所赐的欢欣。

7

于是罗马诞生了，从你最美的深厚胸口/她吸吮着伟大的乳汁/像狼子从卡德摩斯的神女胸口吸乳；/虽然你最爱的儿子还未断绝这天国的美食/多少次惊心动魄的正义行为/由于你的热爱而成为神圣之举：/在你的笑容下，在你的身畔/卡密拉过了神圣的一生，阿梯里坚定地死去/但是当眼泪浸湿了你贞洁的白袍/黄金亵渎了你卡必托令庙里的宝座/你拍动精灵的翅膀，轻捷地飞起/离了暴君们把持的议院：他们堕落/成为一个暴君的顺从的奴隶/巴拉丁山还无力地低吟爱奥尼亚的歌曲/你曾驻足一听，就悲叹这歌和你的异趣。

8

从北冰洋上哪个遍生松林的海角/从赫开尼阿的何处幽谷或冰山/或者从哪个不可知的遥远的小岛/传来你的哀歌，你哀歌故土的沦陷/你教导树林、波浪和荒秃的山冈/以及每一个海仙的冰冷的岩穴/以悲哀而沉重的音调互相讲述/那最崇高的知识，但这知识，人竟不愿学?/因为你既不守望斯歌德梦中巫人的羊群/也不愿伴随德洛伊德的睡眠/这又何济于事，如果眼泪像雨水/打湿了你披散的发，而随即吹干?/你虽呻吟，却并未哭泣，当加利利的蛇/从死亡之海游来，杀人放火/把你的世界毁坏得不堪入目地残破。

9

有一千年之久，大地呼喊，“你在哪儿?”/于是，你将要降临大地时的影子/投在撒克逊王阿尔弗雷戴橄榄枝的额头；/像地层深处被烈焰冲出的岩石/多少座战士云集的堡垒/崛起于神圣的意大利土地上/它们像耸立的高塔一般伟岸/怒视帝王、教士、奴隶汇合成的狂涛恶浪；/这邪恶的乌合之众的冲击/在堡垒的墙脚下像无力的浪花粉碎；/此时从人类精神的最深处/响起奇异的音乐，用爱和神威/使那些杂凑的武器喑哑无声/不朽的艺术于是挥动神圣的魔杖/在地上画出建筑天堂的维妙图像。

10

你，比月神更敏捷的猎人！/你，世间豺狼的灾星！你身背箭袋；/那阳光似的利箭射穿风暴似的罪恶/犹如光明来临，片片暗云散开/在一个安宁的地域，旭日东升的早晨！/路德瞥见了你使人苏醒的目光/于是他的铅矛反射出闪烁的光辉/像闪电般驱散了梦境中的幻象；/许多民族曾在这坟墓似的梦境中昏睡；/英国的先知唱起颂歌，向你欢呼/他们尊奉你为女王，那歌声永不消歇；/弥尔顿，用他的精神代替失明的双目/你曾在他跟前经过，他脸色沮丧/虽然他陷入了可悲的境地/黑暗的夜笼罩住他，但他竟看到了你。

11

那些渴望的时日和盼待的岁月/像一大群人站在曙光照耀的山头眺看/它们克制了高声呼喊的希望和忧虑/沉寂无声，大伙儿拥挤着，黑压压一片/它们于是高呼：“自由！自由！”/忿怒从她的洞里答应怜悯的呼唤/死亡在坟墓中惊吓得脸色铁青/“救命！”灾祸向着万物的破坏者高喊/于是你像一轮旭日，披着灿烂的光环/升起了，从这个国土到那个国土/追逐着你的仇敌，像光明追逐影子；/仿佛那笼罩在西方海洋上的梦的夜幕/忽然间被灿烂的阳光所冲破/在你陌生的眼睛闪射的电光里/人们惊醒了，摇摇晃晃，惊喜交集。

12

你，人间的天堂！是什么魔咒/竟能用不祥的暗影将你遮盖?/一千年岁月在压迫的深深洞穴中/在泥污里长大，用血泪染污你清澄的光彩/直到你的吉星用眼泪把污痕洗除/在那可怕的葡萄园法兰西四周/站满了破坏的戴王冠的奴隶/以及伪善的一群戴教冠的走狗/全都嗜血若狂! 这时却有一人崛起/和他们酷肖，只是远远比他们强悍/他是个奸雄，利用你的被迷惑了的力量；/于是，千军万马乱纷纷地混战/像密密层层的乌云遮蔽了青空的圣殿/他，被过去所追逼，已同那些难忘的时日一起安息/但那些时日的魔影还使胜利的君王在祖传的城堡里战栗。

13

英格兰还在沉睡：难道她从未被人呼唤?/西班牙正在呼唤她，就像维苏威火山/以惊心动魄的轰鸣唤醒了艾特纳/艾特纳的回音把白雪覆盖的岩石震裂成碎片/在闪着光芒的海上，伊俄利亚的岛屿/从皮德古萨到彼罗拉，所有海岛/都在呐喊，跳跃，闪烁，合唱；/“悬挂在天上的灯，我们已不需你照耀！”/

英格兰的锁链是黄金的线，只须她一笑/就会裂断；但西班牙的枷锁却是钢/需用道德的最锋利的锉刀才能解除/共命运的两姊妹啊，向着朦胧的西方/端坐在宝座上的永恒的岁月呼吁吧！/让它们把所想和所做的一切，像盖一枚印章/盖在我们心上！时间决不把这一切隐藏。

14

阿明尼阿的墓啊，放出你的死者吧！/让他的灵魂像守望塔上的旗帜/盘旋和飘扬在暴君的头上/你的胜利将成为他的墓志/被帝王欺骗了的德意志啊/你像酒神似地狂饮真理的神秘的酒/他虽死而精神永远活在你国土上/我们何须恐惧或盼望?你已经自由！/还有你，这神圣而辉煌的世界的/失掉的天国！你花朵盛开的土地！/你不朽之岛！你也像一座神庙，毁灭之神/穿着可爱的外衣/还在膜拜着你的过去的残迹！/啊，意大利，热血沸腾吧，赶走/赶走那些在你圣殿上筑巢的野兽！

15

啊，愿自由人把“帝王”这罪恶的名称/用脚踩碎！否则把它写下/让荣誉之页上留下一个污斑/像毒蛇留下的痕迹，轻风会擦掉它/一片沙土会把它湮没得不留踪影！/你们已经听到了这预言：/举起闪着胜利之光的宝剑/把这污秽字眼的戈迪阿之结斩断！/这字眼虽已像残梗似的脆弱/还能把恐吓人类的斧钺和权杖/纠集成为一大捆，非常坚固；/这字眼的声音中包含着毒浆/它使生活变得丑恶、腐烂而可憎；/到了适当的时刻，别再因为藐视/而不用靴跟把这不甘灭亡的蛆虫踩死。

16

啊，愿智者用他们明慧的心灵/点亮这黑暗的世界殿堂里的灯盏/使“教士”这灰色的名称落入地狱/地狱本是它最初的来源/它是魔鬼的一声渎神的嘲笑/让人的思想只崇拜自己无畏的灵魂/或者那未知的力量，只朝着这些下跪/让这些成为裁判一切的圣明！/啊，别再让言词蒙蔽了思想/思想本是言词之源：像一片朦胧的雾/从澄澈的湖上升起，却蒙蔽了蓝天的倒影；/啊，剥去那蒙住言词真相的薄薄的假面具/和种种虚伪的色彩、皱眉、笑脸和辉煌/让它们袒露出赤裸裸的伪与真/站在裁判者之前，得其应得的报应！

17

有谁教导人把一切阻难征服/在那生之旅途上——从摇篮到坟墓/就无异给人戴上生活之主宰的冠冕/唉，这也将是徒劳，要是人甘愿为奴/而把压迫和压迫者请上宝座！/如果生活会滋生新的欲望，财富会从劳苦者手里/抢走你和艺术的礼物，让一人坐享千人之福/即使大地让饥寒的亿万生灵丰衣足食/即使思想中蕴含的力量像一棵树苗/能发育成大树，那又于事何补?/即使艺术，这热情的使者/展开火一般的翅翼，飞向大自然的宝座/不让那伟大的母亲俯身来抚爱她/却高呼；“赐给我，你的孩子/以统治高山大海之权!”又何济于事?

18

来吧，请从人类的精神深处/从那最深奥的洞穴，引导出智慧/像启明星从伊奥的波浪上/引导出太阳。我听得她车辆上旗帜飘飞/像云朵被火焰推动。难道她和你/主宰不朽思想的两位神明/不愿降临，凭着庄严的真理/来裁判生活的不平遭遇是否公正？/裁判过去人们所得的荣誉，未来的希望/盲目之爱，以及同样盲目的“正义”？/啊，自由！如果这确是你的名字/

你岂能抛弃它们，或者让它们抛弃你？/如果你的或它们的财宝须用血和泪购买/那么，有智慧的、爱自由的人们/难道没有把眼泪和眼泪一般的鲜血流尽？

19

庄严的歌声终止，那慷慨悲歌的精灵/忽然回返到它深深的渊谷/像一只野天鹅雄壮地高飞/冲破黎明时分雷电轰轰的云雾/但雷电击中了它的头颅/于是从金光闪烁的空中一落千丈/跌落在砰然作声的荒野；/像夏天的云卸除了雨水就归于灭亡/像远远的烛光，随着夜的消逝而熄灭/像一只短命的虫，随着昼尽夜来而殒命/我的歌落下了，它的翅膀失去力量/曾支持它飞翔的那一片伟大的声音/作音渐渐远去，在它的上空沉寂/仿佛才让溺死者浮游过的海波/终于在翻腾中将他淹没。